ヨハネスブルクへの旅

Journey to Jo'Burg

ビヴァリー・ナイドゥー＝作
もりうちすみこ＝訳
橋本礼奈＝画

さ・え・ら書房

ヨハネスブルクへの旅

もくじ

装丁／桂川　潤

1. ナレディの計画《けいかく》

ナレディとティロは気が気ではなかった。赤《あか》ん坊《ぼう》の妹、ディネオが、重《おも》い病気《びょうき》になっていたからだ。容態《ようだい》がわるくなって、もう三日になる。

祖母《そぼ》は、ディネオの熱《ねつ》をさますために、布《ぬの》きれをぬらし、小さいひたいや体にかぶせた。また、おばが、ほんの少しずつだが、水を飲《の》ませていた。だが、熱《ねつ》はいっこうにひかず、おさない妹は、ねむることもできずに、始終《しじゅう》むずがっては、ときどきか弱《よわ》い泣《な》き声《ごえ》をあげるのだった。

「ねえ、病院《びょういん》につれていけないの？」ナレディは祖母《そぼ》にたのんだが、そんな遠くまでつれていくには、赤《あか》ん坊《ぼう》は弱りすぎているという。

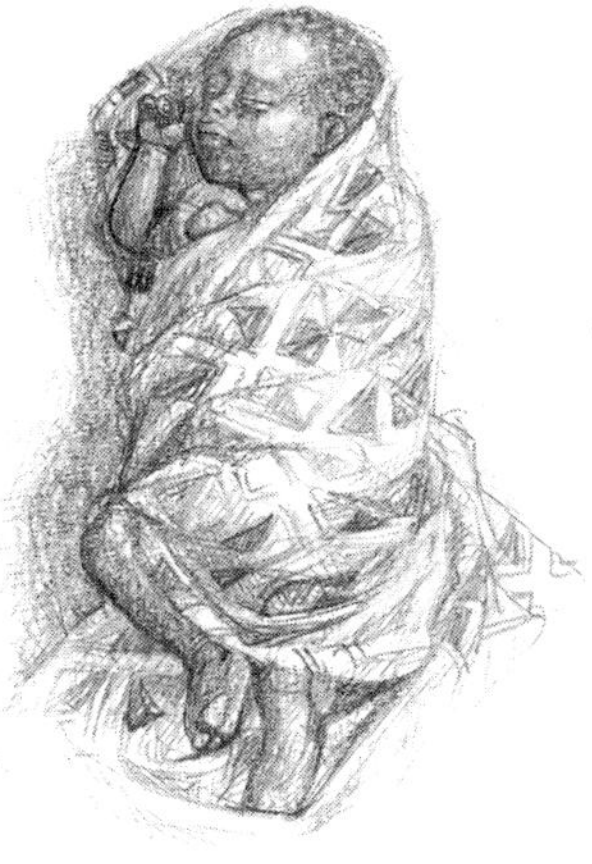

病院《びょういん》は何キロもはなれたところに、ひとつあるきりだ。また、ナレディの家には、医者《いしゃ》をよぶようなお金もない。それは、ナレディにもよくわかっている。この村には、そんなお金のある家など一けんもないのだ。

「母さんさえ、いてくれたら」バケツをさげ、弟のティロと、村の水《みず》くみ場《ば》まで歩いていきながら、ナレディは何度《なんど》もそう思って、手の中の小銭《こぜに》をぎゅっとにぎりしめた。

毎朝、ふたりが、そうして水を買いにいくとちゅうに、村の墓地《ぼち》がある。ついこの先週も、赤《あか》ん坊《ぼう》がひとりなくなった。墓《はか》を見るのは、いつだって気味《きみ》のわるいものだが、このできたばかりの墓《はか》は、とりわけ、ふたりにはおそろしかった。墓地《ぼち》がだんだん近づいてくる。

ナレディは、まっすぐ道の前方《ぜんぽう》だけを見つめ、墓《はか》のほうを見ないようにした。墓《はか》のことは考えまいとした。

だが、むりだ。自分のおさない妹も、地面《じめん》の小さい穴《あな》の中へ横《よこ》たえられるのではないかという不安《ふあん》が、どうしても、ナレディの心にしのびこんでくるのだ。

ついにナレディは、これ以上《いじよう》がまんできなくなった。水《みず》くみから帰ると、ティロを家の裏《うら》へよびだし、いきなりこう切りだした。

「母さんをつれてこよう。でないと、ディネオは死《し》んじゃう！」

「つれてくるって、どうやって？」ティロは面《めん》くらっている。

ふたりの母親は、三百キロもはなれたヨハネスブルクという町にいて、住《す》みこみで働《はたら》いているのだ。

「大きな道路《どうろ》まで行って、歩くのよ」ナレディは、あっさりこたえた。

今、学校は、九月のみじかい休みだ。だが、ふだんは毎日、一時間以上《いじよう》も歩いて学校にかよっているから、歩くのにはなれている。ヨハネスブルクまで歩いてどれくらいの時間がかかるのか、わざわざ考えるまでもないと、ナレディは思っていた。

しかし、ティロは慎重《しんちよう》だ。

「でも、ばあちゃんは、いつもいってるよ。母さんを心配《しんぱい》させるようなことは、しちゃいけないって。ぜったい行かせないにきまってるよ」

「わかってるわよ、そんなこと」ナレディは即座《そくざ》にいいかえした。「ばあちゃんもおばさんも、ディネオはすぐよくなるっていうけど、きのうの夜、ふたりが話してたのを聞いたでしょ。母さんをびっくりさせるといけないから、電報《でんぽう》はうたないって。でも、そんなふうになにもしないで、もし手おくれになったらどうするのよ？」

ティロは、だまってしばらく考えていた。

「ぼくたちが、母さんに電報《でんぽう》をうてば？」

「どうやって？　お金もないのに。それに、もしだれかにお金を借《か》りるとしても、ばあちゃんの耳にはいったら、ものすごく怒《おこ》られるわよ」

あきらかに、ナレディはもう決心《けっしん》している、とティロは思った。

姉の性格《せいかく》は、よくわかっている。四歳年上《さいとしうえ》で、もうすぐ十三歳《さい》。一度《いちど》こうときめたら、だれがなんといおうと意見《いけん》を変《か》えるような姉ではない。

ティロは、それ以上《いじょう》、説得《せっとく》するのをあきらめた。

✣

ふたりは、ナレディの友だちのポレングをさがして、計画《けいかく》をうちあけた。

ポレングはとてもおどろいたが、ふたりをたすけるとやくそくしてくれた。ふたりがでかけたあとで、祖母《そぼ》に事情《じじょう》を説明《せつめい》し、ふたりの代《か》わりに、水《みず》くみやほかの仕事《しごと》をしてくれるという。

「むこうにつくまで、食べるものは？」と、ポレングが聞いた。

ティロは心配《しんぱい》そうな顔をしたが、ナレディは自信《じしん》たっぷりにこういった。

「だいじょうぶ、とちゅうでなにか見つかるわよ」

ポレングは、ふたりに待《ま》つようにいって家にかけもどると、水を入れたビンと、ゆでたサツマイモを二本持《も》ってきた。ふたりはポレングに礼《れい》をいった。ほんとうに、ポレングはいい友だちだ。

出発《しゅっぱつ》する前に、手に入れなければならないものがある。母親が最近《さいきん》送《おく》ってきた手紙。そこに書かれた住所《じゅうしょ》がないと、ヨハネスブルクのような大きな町で、人をさがすことなんかできないだろう。

ナレディは、祖母《そぼ》とおばに気づかれないよう家にはいると、缶《かん》からこっそり手紙をぬきとった。ナレディが、そっと戸口《とぐち》からぬけでたときも、祖母《そぼ》たちは、病《びょう》気《き》のディネオにかかりきりで、まったく気がつかなかった。

2. 草原《そうげん》の道

村をでると、ふたりはいそぎ足《あし》で歩いた。

道といっても、ただ車の通った跡《あと》。そこだけ赤茶《あかちゃ》けた土がむきだしになって、かわききった草原《そうげん》の中につづいているのだ。

やがて、コールタールで舗装《ほそう》された道路《どうろ》にでると、ふたりは、早朝《そうちょう》の太陽《たいよう》にむかって歩きはじめた。めざすヨハネスブルクは、東の方角《ほうがく》だ。朝日にひかる鉄道《てつどう》の線路《せんろ》が、道路《どうろ》とならんでのびている。

「あーあ、お金があったら、切符《きっぷ》を買って汽車に乗《の》れるのになあ。ぼくたちには、一セントだってないんだ」と、ティロがため息《いき》をついた。

「だいじょうぶよ。歩いていけば、いずれつくんだから！」東にむかって歩きな

がら、ナレディは、あいかわらず自信《じしん》にあふれている。

✣

日がのぼるにつれ、道路《どうろ》のタールが日にやけてくる。運動《うんどう》ぐつのうすいゴム底《ぞこ》をとおして、やけどするほど足が熱《あつ》くなった。

「道《みち》ばたを歩こうよ」と、ティロがいった。

道路《どうろ》わきの草は、かさかさにかわいてチクチクしたが、そのくらいのことはなれっこだ。ときどき、道路《どうろ》をトラックが、地《じ》ひびきをたてて通りすぎる。

だが、そのあと、あたりはまた静《しず》まりかえり、見わたすかぎり、ふたりきり。

ナレディが歩きながらうたいはじめると、すぐにティロも声をあわせた。

そうやって、ふたりは歩きつづけた。

✣

「ちょっと止まって、サツマイモ、食べない？」空腹《くうふく》のせいで、ティロの腹《はら》が、きりきりいたむ。

だが、ナレディは、もう少し歩いておきたかった。せめて前方《ぜんぽう》に見える丘《おか》の頂《ちょう》上《じょう》につくまで。

のぼり坂《ざか》にさしかかると、ふたりの歩《あゆ》みはのろくなった。つかれた体が重《おも》い。やっと頂上《ちょうじょう》までのぼったときには、ふたりとも、たおれるようにすわりこんだ。

サツマイモをあっというまに腹《はら》におさめ、水を飲《の》む。

暑《あつ》い。風もない。

東へとつづく道路《どうろ》を、丘《おか》の上からぼんやりとながめていると、がらんとしたまっ青《さお》な空を横切《よこぎ》って、小鳥が軽《かろ》やかにとんでいった。

いつのまにか線路《せんろ》とはなれた道路《どうろ》は、フェンスでかこった畑《はたけ》と、かわいた草原《そうげん》のあいだをまっすぐにのびて、遠くに見えるもうひとつの丘《おか》のむこうへときえていた。

✣

「ちょっと！　のんびりしてる場合《ばあい》じゃないわ」ナレディは、さっと立ちあがった。

弟がつかれきっていることはわかっているが、のんびり休んでいる時間はない。太陽《たいよう》はとっくに頭の真上《まうえ》を通りこしているのに、それほどすすんだようには思えないのだ。

それからも、ふたりは、ただただ歩きつづけた。歌声が、かわいた大地と空にすいこまれた。

✣

しかし、道路《どうろ》がやがて、小さな町の中へとはいっていくと、ふたりはうたうのをやめ、足を速《はや》めた。警官《けいかん》が、よそ者《もの》のふたりをよびとめるかもしれないからだ。警官《けいかん》には、気をつけなければならない。そのことは、村のだれもが知っている。学校では、上級生《じょうきゅうせい》がこんな歌をつくってうたっていた。

気をつけろ！　あの警官《けいかん》、
おまえのパスを見せろとさ。
やつがパスにケチつけりゃ、
おまえの人生《じんせい》、終《お》わりだよ！

おとなたちは、つねにこの「パス」のことを話している。

パスは、白人《はくじん》以外《いがい》の十六歳以上《さいいじょう》の者《もの》が、いつも持《も》っていなくてはならない身分証明書《みぶんしょうめいしょ》だ。たとえば、村から別《べつ》の場所《ばしょ》へでかけたいときは、それを許可《きょか》するパスを持《も》っていなくてはならない。また別《べつ》の仕事《しごと》に変《か》わりたいときも、それを許《きょ》可《か》するパスがなければ変《か》われないのだ。

ナレディの学校の生徒《せいと》なら、パスが原因《げんいん》で警察《けいさつ》ざたになった人のひとりやふたりは、かならず知っている。

ナレディとティロは、おじが刑務所《けいむしょ》に入れられ、罰《ばつ》として農場《のうじょう》で働《はたら》かされることになったおそろしいできごとを、わすれることができない。

ある日、おじは、パスをわすれて家をでた。そして、警官《けいかん》によびとめられ、ただちに刑務所《けいむしょ》へ送《おく》られたのだ。

だから、ナレディとティロは、その見知《みし》らぬ町を通りぬけるとき、だまっていても、たがいの恐怖《きょうふ》が手にとるようにわかった。

もちろん、立ちどまってのぞいてみたい店は、いくつもあった。だが、どうして、危険《きけん》をおかしてまで、そんなことができよう？ 神経《しんけい》をはりつめ、町の通りをぬけて家《いえ》なみの最後《さいご》の家をあとにするまで、ふたりは歩く速度《そくど》をゆるめなかった。

3. オレンジだ！

ふたりは歩きつづけた。

太陽《たいよう》は、もうずいぶん低《ひく》くなっている。

道路《どうろ》に沿《そ》った有刺鉄線《ゆうしてっせん》のフェンスのむこうには、何十列《なんじゅうれつ》というオレンジの木が植《う》えられていて、オレンジの香《かお》りが強くただよってくる。

見わたすかぎり、つやつやした濃《こ》い緑色《みどりいろ》の葉《は》、明るくかがやくオレンジの実《み》。

あまくておいしいこれらのオレンジは、ナレディたちの口にはめったにはいらない高価《こうか》なくだものだ。

ふたりは、おなじ思いで顔を見あわせた。

「ねえ、このオレンジ、ぼくたち……」

ティロがいいおわらないうちに、ナレディはもう、注意《ちゅうい》ぶかく二本の有刺鉄線《ゆうしてっせん》をおしひろげ、そのすきまから、体を中に入れようとしている。

「見はってて！」フェンスの中にはいったナレディが、ティロに命《めい》じた。

しのび足《あし》でオレンジの木に近づき、のびあがって、一個《いっこ》のオレンジに手をのばしたそのとたん、どなり声《ごえ》がとんできた。

「おい！」

ナレディがさっと身《み》をかがめ、フェンスのほうへかけもどる。

ティロがおしひろげている有刺鉄線《ゆうしてっせん》のあいだを、ナレディはいそいで通りぬけようとあせった。だが、おそかった。うでをつかまれ、ナレディはフェンスの中へひきもどされた。

✣

ところが、あいての顔を見あげると、それはまだ少年、ナレディとおなじくらいの年齢《ねんれい》の男の子だった。

「なにしてるんだ？」少年が強い口調《くちょう》で聞く。

ツワナ語。ナレディたちのことばだ。

「白人《はくじん》のだんなに見つかってみろ、殺《ころ》されるぞ。だんなは、銃《じゅう》を持《も》ちあるいてて、どろぼうを撃《う》ち殺《ころ》すんだぞ。知らないのか？」

「わたしたち、どろぼうじゃないわ。一日じゅう歩いて、ものすごくおなかがすいてたの。おねがいだから、主人《しゅじん》をよばないで」ナレディが必死《ひっし》にたのむ。

少年は態度《たいど》をやわらげ、どこからきたのかとたずねた。

ナレディが、おさない妹の病気《びょうき》のこと、そのためにヨハネスブルクへ母親をよびにいくとちゅうだという話をすると、少年は目をまるくして、口笛《くちぶえ》を吹《ふ》いた。

「ヒュー。そんな遠くまで!」

少年は、少し考えてからいった。

「今晩《こんばん》、きみたちが寝《ね》られるところをおしえてやるよ。だんなには、ぜったい見つからない場所《ばしょ》だ。ここにいな。暗《くら》くなったら、つれていってやるから」

ナレディとティロは、さっとたがいの顔を見た。信用《しんよう》してもいいのだろうか?

「心配《しんぱい》するな。ここは安全《あんぜん》だ。だんなは夕食をとりに、やしきに帰ったから」と、少年はふたりにうけあった。「でも、きみたちがオレンジを食べるんなら、そのあと、皮《かわ》を完全《かんぜん》にかくしとかないと、たいへんなことになるぜ。オレンジの収穫《しゅうかく》をするおれたちだって、ぜったい食べちゃならないことになってるんだ」

少年は背《せ》をむけると、かけだしたが、「じゃ、あとでな」と、親《した》しげによびかけてから立ちさった。

「ぼくたち、今晩《こんばん》ここに泊《と》まるの?」

そうするべきかどうか、ナレディはまよった。

「もし農園《のうえん》の主人《しゅじん》に見つかったら、おそろしいことになる……。ポレングの弟がどんな目にあったか、おぼえてるわよね」

友人、ポレングの弟は、一度《いちど》、トウモロコシを一本ぬすんだところを、つかまったのだ。かわいそうに、立つこともできないほど、むちで打《う》たれた。

ティロは、思わずくちびるをかんだ。

「でも、あすの朝、その主人《しゅじん》がおきる前に、ここをでれば？」

「そうねえ……、どっちにしてもどこかに寝《ね》なくちゃ、あすは、つかれて歩けないものね」ナレディは、やっと泊《と》まる決心《けっしん》をした。

そこで、ティロも、有刺鉄線《ゆうしてっせん》のあいだをすりぬけてフェンスの中にはいると、ふたりでオレンジをとりはじめた。もううす暗《ぐら》くなっている。さっきより、見つかる心配《しんぱい》はだいぶ少ない。

ナレディは、オレンジを四個《よんこ》食べた。だが、ティロは、さらにとっては食べつづける。

「そんなにつめこんでると、おなかがいたくなるわよ」

ナレディの忠告《ちゅうこく》にも、ティロは知《し》らん顔《かお》で食べつづけていたが、とつぜん、腹《はら》をおさえてうなりだした。

「うぅー！」

「だから、いったのに。さ、皮《かわ》を埋《う》めるわよ」

ナレディは、冷淡《れいたん》にそういって、とがった石で、地面《じめん》に穴《あな》を掘《ほ》りはじめた。ティロは、ときどき腹《はら》をおさえてうめきながらも、固《かた》くかわいた地面《じめん》をていねいに掘《ほ》った。

ふたりは、穴《あな》にオレンジの皮《かわ》を入れて土をかぶせると、小石や葉《は》っぱをひろってきて、掘《ほ》りかえした土の上にばらまき、跡《あと》をかくした。

✣

夜になると、急《きゅう》に気温《きおん》がさがる。

ふたりは寒《さむ》さにふるえながら、身《み》をよせあってすわっていた。少年はほんとうにくるのだろうか。

ナレディが不安《ふあん》になりはじめたころ、だれかが走ってくる軽《かる》い足音が聞こえてきた。暗《くら》やみの中にうかびあがった影《かげ》は、この農園《のうえん》で働《はたら》く昼間《ひるま》のあの少年だ。

「こっちだ！」少年は手《て》まねきをすると、ふたりにさきだって、オレンジの列《れつ》のあいだを歩いていく。

ほとんどなにも見えないやみの中を、ナレディとティロは、つまずきながら、必死《ひっし》に少年についていった。三人はついに、一けんの小屋《こや》に行きついた。

「このふくろをかけて寝《ね》れば、寒《さむ》くないよ」そっと小屋《こや》の中にふたりをみちびきいれると、少年は麻《あさ》ぶくろを手わたした。そして、はずかしそうに、ふくろの下にかくしていたブリキの皿《さら》をさしだした。「少ししかないけど、トウモロコシのおかゆだ。こんなものでわるいけど、ここでおれたちがもらえるのは、たいてい、これだけなんだ」

「ありがとう」「ほんとにどうもありがとう」ティロとナレディは、声をひそめて口《くち》ぐちにいった。

「サラ・セントレ」少年は、ツワナ語でわかれのあいさつをすると、やみの中を帰っていった。

「ツァマヤ・セントレ」走りさる少年に、ナレディとティロも、ツワナ語でそっとあいさつをかえした。

4. トラックに乗《の》って

雄鶏《おんどり》の声で、ティロは目がさめた。

小屋《こや》の中には、もう薄明《うすあ》かりがさしている。あわててナレディをゆすぶった。

「おきて！　いそがなきゃ！」

小屋《こや》をぬけだしたとき、むこうのほうに、農園《のうえん》の主人《しゅじん》のやしきがあるのが目にはいった。えんとつからは、うすいけむりが立ちのぼっている。

音をたてないよう用心《ようじん》しながら、ふたりは、たけの高い草のあいだを、オレンジ畑《ばたけ》にむかって走った。それから、何十列《なんじゅうれつ》ものオレンジの木のあいだをかけぬけ、やっと有刺鉄線《ゆうしてっせん》のフェンスにでた。

コールタールの道路《どうろ》を見て、ふたりは心からほっとした。夜のうちに、道路《どうろ》も

冷《ひ》えて、すがすがしい。ふたりはふたたび、うたいながら歩きだした。

✣

太陽《たいよう》が、さらに高くなる。ふたりは歩きつづけた。

体がほてり、体じゅうから汗《あせ》がながれる。それでも、ふたりは歩きつづけた。

たまに、乗用車《じょうようしゃ》やトラックがフルスピードで通りすぎる。それ以外《いがい》は、だれもいない、なにもない道路《どうろ》だ。

キーーッ！　急《きゅう》ブレーキの音がして、すぐそばにトラックがとまった。

「そこのおふたりさん、どこまで行くんだ？」

トラックの窓《まど》から、人のよさそうな運転手《うんてんしゅ》が顔をだした。

「ヨハネスブルクまでです、おじさん」

「は？　気でもくるったか？　ここから二百五十キロも先だぞ！」

「でも、行かなきゃならないんです」ナレディはそういうと、事情《じじょう》を説明《せつめい》した。

「また、たいへんな計画《けいかく》をたてたもんだな。一週間はかかっちまうぞ。それに、おばあさんもずいぶん心配《しんぱい》してるだろう。家まで送《おく》りかえさなくちゃならんところだが、おれも、きょうはおくれてるしなあ」

運転手《うんてんしゅ》は、ちょっと考えた。

「おふくろさんの働《はたら》いているところは、わかってるのかい？」

ナレディはうなずいて、ポケットから母親の手紙をとりだした。

「よーし、わかった。ふたりとも荷台《にだい》に乗《の》りな。おれがヨハネスブルクまで送《おく》ってってやろう。どうせ、そこまでオレンジを運《はこ》んでいくところだ」

「おじさん、ありがとうございます！」

子どもたちは、思わず笑《わら》いあった。トラックの荷台《にだい》によじのぼり、オレンジのつまったたくさんのふくろのあいだに、体をおしこむ。これでまちがいなく、ヨハネスブルクに行ける！　しかも、生まれてはじめて、トラックに乗《の》れるなんて！

ふたたびエンジンがうなり、トラックはごう音《おん》をあげて走りだした。歩いていたときは、あんなにしずかでさびしかったのに、トラックの旅《たび》は、なんてうるさいんだろう。

さっきまで、そよりともうごかなかった熱《あつ》い大気《たいき》が、今は、はげしくふたりの顔を吹《ふ》きなぐっていく。ちっとも変《か》わらなかったあたりの風景《ふうけい》も、びゅんびゅんとぶように移《うつ》りすぎる。

イバラのやぶ、電柱《でんちゅう》、有刺鉄線《ゆうしてつせん》のフェンス、きれいにたがやされた畑《はたけ》、牛の群《む》れ、オレンジの農園《のうえん》、農場主《のうじょうぬし》のやしきと背《せ》の高いゴムの木……。それらは、見えたと思ったとたん、あっというまに、うしろにとびさっていった。

✣

顔にもっと風をあてようと、ティロが荷台《にだい》のふちから、どんどん身《み》をのりだしている。

「ちゃんとすわってないと、落《お》っこちるわよ！」ナレディのどなり声《ごえ》にも知《し》らん顔《かお》だ。

とつぜん、トラックがなにかにのりあげ、大きくはねあがった。ティロの体が、外へとびだす。ナレディがとっさにティロにとびつき、荷台《にだい》の中にひきもどした。

「だから、いったでしょ！」ナレディは、トラックのごう音《おん》にまけない大声で、どなりつけた。

ティロは、まだ興奮《こうふん》がおさまらないようすで、「ごめん」とつぶやいた。

そのあとは、ふたりともオレンジのふくろのあいだにおとなしくおさまり、トラックのうしろにどこまでものびていく道路《どうろ》を見つめていた。

トラックがヨハネスブルクへの道をひた走《はし》りに走るにつれ、両《りょう》がわの土地のようすは、さまざまに変《か》わっていった。

ふたりが住《す》んでいるあたりは、ほとんど平地《へいち》で、いくつか低《ひく》い丘《おか》があるだけだ。今、ふたりは生まれてはじめて、ほんものの山を見た。山には、ごつごつした岩やけわしいがけがある。また、あるところでは、道路《どうろ》が、大きな岩山を突《つ》っ切《き》って走っている！

こんな岩、どうやって切りくずすことができたんだろうと、ナレディが考えていたとき、ティロが聞いた。

「ヨハネスブルクについたら、どうやって母さんをさがすの？」

「住所《じゅうしょ》は、パークタウンって書いてあるわ」と、ナレディが、手紙の表書《おもてが》きをゆっくりと読む。

ティロは、手紙を手にとって、自分でもその住所《じゅうしょ》を読んだ。

ナレディは母親のことを思いだしていた。家に帰ったときはいつも、まず最初《さいしょ》に、ふたりの学校のようすをたずねていた母親。以前《いぜん》、なぜ家からはなれて働《はたら》いているのかとナレディが聞いたとき、母親はこうこたえた。

「ほかにどんな方法《ほうほう》があるんだい？　おまえたちを学校へやる金をかせぐのに」

しかし、やっぱり、おかしなことだとナレディは思う。

一度《いちど》、こうたずねたこともある。

「どうして、母さんといっしょに町に住《す》めないの？　わたしたち、町の学校へ行けばいいじゃない？」

だが、母親は、怒《おこ》ったように、こういっただけだった。

「それをゆるさない法律《ほうりつ》を、白人《はくじん》たちがつくったのさ。けっきょく、法律《ほうりつ》をつくるのは白人《はくじん》だからね」

でも、なぜゆるされないんだろう？　なぜ？　ナレディにはどうしてもわからなかった。

5. 黄金《おうごん》の町

トラックが、とつぜんガクンと止まり、運転手《うんてんしゅ》がおりて、荷台《にだい》のほうへやってきた。

「だいじょうぶかい？　少し足をのばすといい」

ふたりに手をかして、おろしてくれる。

「おじさんのトラック、すごく速《はや》いね」と、ティロがいった。

「そうとも！　だが、トラックはおれのじゃない。おれは、ただ運転《うんてん》してるだけなんだ。だんなのためにな」

休憩《きゅうけい》も、そう長くはとれない。運転手《うんてんしゅ》はヨハネスブルクに行って、その日のうちにもどらなくてはならないからだ。

ふたりがふたたび荷台《にだい》にのぼると、運転手《うんてんしゅ》がいった。

「この先、ちょっと気をつけていると、ボタ山《やま》が見えるぞ。金《きん》を掘《ほ》りだしたとき、いっしょに掘《ほ》りおこした土の山だ。なんせ、ヨハネスブルクは、黄金《おうごん》の町だからな！」運転手《うんてんしゅ》はつまらなそうに、鼻《はな》で笑《わら》った。

ナレディとティロは、顔を見あわせた。

「どうかしたか？」と、運転手《うんてんしゅ》が聞く。

ふたりは、ちょっとだまっていたが、ナレディがみじかく説明《せつめい》した。

「父も、鉱山《こうざん》で働《はたら》いていたんです。でも、咳《せき》のでる病気《びょうき》になって、けっきょく、最後《さいご》は帰れないまま、死《し》にました」

「いや、また、そりゃ、気のどくになあ！」運転手《うんてんしゅ》はしきりに首をふった。

ふたりは、トラックの荷台《にだい》から、ボタ山《やま》をいくつもながめた。

父親は、生きていたころ、一年に一度《いちど》だけ家に帰ってきた。そんなときはきまって、鉱山《こうざん》の地下《ちか》深《ふか》くにある坑道《こうどう》と、そのまっ暗《くら》な穴《あな》の中で働《はたら》くようすを話してきかせた。

「でも、父さん、どうしてそんな遠いところで、ずっと働《はたら》かなくちゃならないの？」あるとき、ふたりは、そう聞いた。

「おまえたちを食《く》わせるためさ」

父親が最後《さいご》に家に帰ったときのことは、わすれることができない。夜《よ》どおし、苦《くる》しそうな父親の咳《せき》と、それを気《き》づかう祖母《そぼ》の低《ひく》い声が聞こえていた。

父親を自分たちから永久《えいきゅう》にうばいさったボタ山《やま》をながめながら、ナレディは、そっとティロの体にうでをまわした。

✣

やがて、ボタ山《やま》や草原《そうげん》がなくなって、高い建物《たてもの》が見えはじめ、トラックは、ビルが立ちならぶ町の中にはいっていった。

「ここが、ヨハネスブルクなんだわ！」

ナレディが感心《かんしん》しているあいだに、道路《どうろ》の幅《はば》は広くなり、トラックは、天《てん》にもとどきそうな高いビルのあいだを走っていく。町は騒音《そうおん》とけむりに満《み》ち、排気《はいき》ガスのひどいにおいが道路《どうろ》にたちこめている。

なんとたくさんの車！　なんと多くの人たち！

「こんなところで、どうやって母さんをさがせばいいの？」ティロが心細《こころぼそ》そうにつぶやく。

「なんとかなるわよ」ティロの気分をひきたてようと、ナレディは元気よくいった。

トラックがスピードをゆるめた。両《りょう》がわのビルが、かぶさるようにせまってくる。ナレディとティロは、おじけづくまいと、たがいにぎゅっとよりそった。

とうとう、トラックが車体《しゃたい》をふるわせ、完全《かんぜん》にとまった。運転手《うんてんしゅ》が運転席《うんてんせき》からおりてくる。

「おれは、ここで荷物《にもつ》をおろさなくちゃならん。おまえさんたちを、おふくろさんのところまで送《おく》りとどけたいんだが、そんな時間はないんだ。そこへ行くバスをさがしてくるから、ここで待《ま》っててくれんか」

「でも、ぼくたち……」ティロがいいかけたとき、運転手《うんてんしゅ》はもう、人《ひと》ごみの中にきえていた。それから、すぐにもどってきた。

「パークタウン行きのバス停《てい》は、角《かど》をまがってすぐだ。さ、おしえてやるよ」

「でも、ぼくたち、バス代《だい》持《も》ってないんです。だから、歩いていかなきゃ」と、ティロは、いそいで運転手《うんてんしゅ》に説明《せつめい》した。

「おまえさんたち、たいした根性《こんじょう》だよ！　だが、そんなことがいえるのは、ヨハネスブルクを知らないからだ。危険《きけん》なんだぞ、この町は！　子どもだけで歩けるようなところじゃない。ほら、これで乗《の》るんだ」

運転手《うんてんしゅ》は、ナレディの手の中に、硬貨《こうか》を何枚《なんまい》かおしこんだ。ふたりがお礼《れい》をいおわらないうちに、運転手《うんてんしゅ》は、ふたりのせなかをおして、人《ひと》ごみの中へみちびいていく。

バス停《てい》につくと、運転手《うんてんしゅ》はおしえてくれた。バスがきたら、どんなふうに行き先をいって、どこでバスをおりればいいいか。

「わかりました、おじさん。もう、行ってください。わたしたち、だいじょうぶですから」

運転手《うんてんしゅ》は、子どもたちを置《お》きざりにするのは気がすすまないようすだったが、ナレディは、だいじょうぶだといいはった。この親切《しんせつ》な人が、仕事《しごと》におくれるようなことになっては、もうしわけない。

ふたりはもう一度《いちど》、運転手《うんてんしゅ》にお礼《れい》をのべ、わかれのあいさつをした。運転手《うんてんしゅ》は、すぐに人《ひと》の波《なみ》にのまれて、見えなくなった。

6. 新しい友だち

ナレディとティロが、車道《しゃどう》のほうにむきなおったとたん、フロントガラスの上に「パークタウン行き」と大きく書いたバスがやってきた。

バスはスピードをゆるめ、ふたりの少し手前《てまえ》でとまった。ドアがひらく。広いフロントガラスのむこうの運転手《うんてんしゅ》は、黒人の男性《だんせい》だ。

「ティロ、あれよ！」ナレディは、ティロのうでをひっぱって、バスのほうへかけよった。

ふたりがステップにあがろうとしたとき、とつぜん、だれかが英語《えいご》でどなった。

「おまえたち、なにやってんだ！」

ふたりは、ぎょっとして顔をあげた。運転手《うんてんしゅ》が、怒《おこ》っている。あわててとびお

り、あらためてバスを見た。

走りさろうとするバスの窓《まど》から、白人《はくじん》の乗客《じょうきゃく》たちが、じっとふたりを見ている。

思いがけないできごとにふるえあがって、ふたりはたがいの手をにぎりしめ、車道《しゃどう》のはしに立ちつくした。

そのとき、うしろから女の人の声がした。

「だめよ、気にしちゃ。あんな人たちのことは、ほっときなさい。それより、そんなとこにいちゃ、あぶないわ」

若《わか》い黒人の女性《じょせい》が、手をさしのべ、ふたりを歩道《ほどう》にひきあげてくれた。

「そのようすじゃ、この町ははじめてなのね。バスのことも知らないなんて。このバス停《てい》は白い標識《ひょうしき》でしょ。わたしたちは、あっちの黒い標識《ひょうしき》のバス停《てい》で待《ま》たなきゃならないのよ」

そういって、その女の人は、小さな黒い金属《きんぞく》の標識《ひょうしき》を指《ゆび》さした。

「それに、バスのフロントをよく見て、『白人以外《はくじんいがい》』って書いてあるのをたしかめなきゃ」

「すみません。ちゃんと見なかったんです」と、ナレディはあやまった。

すると、女の人は強い口調《くちょう》でいった。

「とんでもないわ、あなたがあやまるひつようはないの！　あやまらなくちゃいけないのは、あの人たち、あのばかどもなんだから！　まったく、なんで自由《じゆう》にバスに乗《の》れないのよ？　わたしたちのバスは満員《まんいん》で、あの人たちのバスはガラ空《あ》きだっていうのに。そのことのほうがおかしいんだから、ぜったいに、自分がわるいなんて思っちゃだめよ！」

ナレディとティロは、顔を見あわせた。この女の人は、母さんとはまったくちがうタイプの人だ。母さんは、一度《いちど》もこんな話しかたをしたことはない。

その女性《じょせい》は、ふたりにどこに行くのかたずねてくれた。ナレディが母親の手紙をとりだして見せると、その人は住所《じゅうしょ》を読んでおどろいた。

「あら、わたしの母が働《はたら》いているところのすぐ近くじゃないの。今ちょうど、母のところへ行くとちゅうなの。その家、あなたたちにおしえてあげられるわ」

「ありがとうございます」子どもたちは、ほほえみあった。ついてる。これで、三度《さんど》めだ。

「あ、ところで、わたし、グレース・ムバタ。あなたたちの名前は？　どこからきたの？　あなたたちの話すツワナ語は、うちの母のに似《に》てるから、あなたたちの村、母の実家《じっか》の近くじゃないかしら」

そこで、ふたりは、もう一度《いちど》、ことのしだいを話しはじめた。

✣

運《うん》よく、やってきたバスは満員《まんいん》ではなかった。グレースの話によると、朝夕《あさゆう》のラッシュ時《じ》は、死《し》ぬほど混《こ》んでるそうだ。

バスは停留所《ていりゅうじょ》にとまりながら、ゆっくり走る。ふたりは、窓《まど》からじっくりと町を観察《かんさつ》することができた。

自転車《じてんしゃ》に乗《の》った人たちの勇敢《ゆうかん》さに、ティロは感心《かんしん》した。あんなにたくさんの車のあいだを、よくもうまく走れるものだ。

ナレディは、道路沿《どうろぞ》いの高いビルのてっぺんを見ようと、ずっと首をひねって見あげていたので、しまいには首がいたくなってしまった。

やがて、バスは、高いビルの町なみをあとにして、のろのろと急《きゅう》な坂《さか》をのぼりはじめた。ふたたび空が見えてきた。道路《どうろ》の両《りょう》がわには、なみ木があり、緑《みどり》の芝生《しばふ》と花《か》だんがある。

なみ木のむこうには、ふたりが今までに見たこともない大きなやしきがならんでいた。庭《にわ》の子どもたちが、びっくりしたような顔でこちらを見ている。ナレディは思わずほほえんだ。

「あなたたち、知らないの？ ここに住《す》んでる人たちは、ものすごく金持《かねも》ちなのよ。うちの母は、こんなふうな大きなやしきで、ふたりの子どもの世話《せわ》をしてるんだけど、その家には、料理《りょうり》をする役目《やくめ》として、もうひとり、それから庭《にわ》の手入れをするだけのために、さらにもうひとりやとわれてるんだから」

そんな話は、それまで聞いたことがなかったので、ナレディとティロはおもしろく思った。

母親は家に帰ったときも、自分の仕事《しごと》のことは、ほとんど話したがらない。一度《いちど》だけ、母親が祖母《そぼ》に、自分が世話《せわ》している子どものことを話しているのを、たまたま耳にしたことがある。

「まだほんの小さい女の子なのに、ほんとに無礼《ぶれい》でね。わたしのことを、母親の所有物《しょゆうぶつ》だって考えてるものだから、どなってもいいと思ってるの。まったく、そのどなりかたを聞いたら、おどろくわよ」

ナレディは、グレースに、もっといろいろなことを聞きたかったが、自分からたずねるのは、まだちょっとはずかしい。そう思ってるうちに、おりるバス停《てい》についてしまった。

三人は、バスから広い歩道《ほどう》におり立った。堂々《どうどう》としたなみ木が、すずしげな緑《みどり》の木《こ》かげをつくっている。

「この道が、あなたたちのお母さんが働《はたら》いている二十五番のやしきのある通り。うちの母は、つぎの通りの十七番のやしきで働《はたら》いてるの。ここからは、自分たちで行ける?」

ふたりは、うなずいた。すると、グレースがいいたした。

「もし、今夜《こんや》、泊《と》まる場所《ばしょ》がひつようになったら、あなたたち、ソウェトにあるわたしの家にきてもいいわよ。わたしが家に帰るのは、六時。いい?」

ティロとナレディは、グレースに礼《れい》をいったが、どうして、グレースがそんなことをいうのか、わからなかった。

だって、もう母さんのところについたのだから、すぐにも、母さんといっしょに家に帰るはずではないか。病気《びょうき》のディネオのもとへ。

グレースとわかれて歩道《ほどう》を歩きだしたとたん、もうすぐ母親に会えるうれしさで、ふたりは胸《むね》がはずんだ。が、同時に、急《きゅう》に不安《ふあん》になった。今まで、あまりにもたくさんのことがおこったので、病気《びょうき》のおさない妹のことを考える余裕《よゆう》がなかったのだ。

どうぞ、ディネオが無事《ぶじ》でいますように。ナレディはくりかえしくりかえし、心の中でいのった。

ふたりは、ほとんどかけださんばかりに、二十五番のやしきへとむかった。

7. 母さん

　目の前に、二十五番のやしきが建《た》っている。

　ピンク色の大きな家。前庭《まえにわ》は一面《いちめん》、きれいな芝生《しばふ》だ。すずしげな木立《こだち》もある。歩道《ほどう》から玄関《げんかん》につうじる専用《せんよう》の道さえある！

　ふたりは、鉄製《てつせい》のフェンスの前に立って、その大きなやしきを見あげていた。広い門はしまっていて、「猛犬注意《もうけんちゅうい》」のプレートがかけられている。

「ぼくたち、はいっていいの？」と、ティロがささやいた。

「はいらないわけにはいかないでしょ」ナレディはそうこたえて、門を少しだけおしあけた。

　どきどきしながら、門のすきまからすべりこむと、ふたりは、大きな玄関《げんかん》のド

アにむかって、用心《ようじん》ぶかく、ゆっくりと小道《こみち》を歩いていった。

ドアをノックしようと、ためらいながら手をあげたそのとき、家の中から、犬のほえるおそろしい声が聞こえてきた。思わず手をにぎりあい、歩道《ほどう》にかけもどろうと身《み》がまえる。すると、こんどは、女の人の怒《おこ》ったような大声が聞こえた。

「ジョイス！　だれだか、見て！」英語《えいご》だ。

ドアがひらいた。

母さん！　母さんが、目を見はって立っている。

ふたりは、母親にとびつき、しっかりとうでの中にだきとめられた。

ふたりをだきしめる母親の目から、涙《なみだ》が見る見るあふれでる。子どもたちも、だきついたまま、しゃくりあげて泣《な》いた。

「いったい、どうしたんだい？　なにがあったの？」母親が、泣《な》きながら、やさしくたずねた。

「ジョイス、だれ？」ふたたび、するどい声が、母親のうしろから近づいてくる。

犬は、まだほえつづけている。

「タイガー、しずかに！」白人《はくじん》の女の人が、犬をしかりつけながら出てきた。犬はたちまち鳴きやんだ。

母親が、気をとりなおしてこたえた。

「奥《おく》さま、うちの子どもたちなんです」

「ここでなにしてるの？」

「奥《おく》さま、わかりません。この子たちが、まだ話さないので」

「母さん、ディネオのぐあいがね、すごくわるいの」しゃくりあげながら、ナレディは話した。「熱《ねつ》がちっともさがらないの。ばあちゃんもおばさんも、母さんに心配《しんぱい》かけたくないっていうけど……。でも、わたし、母さんをよびにいかなきゃいけないと思って、ティロと……」

母親は、息《いき》をのんで、またふたりを強くだきしめた。

「奥《おく》さま、うちの下の子が、ひどい病気《びょうき》なんです。見に帰ってもよろしいでしょうか？」

女の人は、まゆをしかめた。

「こまったわねえ、ジョイス、きょうは帰すわけにはいかないわ。今夜《こんや》は、ベリンダのめんどうを見てもらわなくちゃ。主人《しゅじん》とわたしは、だいじなパーティーがあるのよ」

それから、少し考えてから、いった。

「でも、あすなら、いいでしょう」

「ありがとうございます、奥《おく》さま」

「今回のことで、わたしがどんなに不便《ふべん》な思いをするか、ちゃんと考えてちょうだい。もし一週間たってももどらないときは、ほかのメイドをさがすことになるけど、いいわね？」

「はい、奥《おく》さま」

ナレディとティロは、母親と白人《はくじん》の女性《じょせい》との英語《えいご》でのやりとりを、ぜんぶ理解《りかい》できたわけではない。だが、その女性《じょせい》のいらいらした声の調子《ちょうし》、それにひきかえ、母親がとても気をつかって、ていねいに話しているのは、よくわかった。

なぜ、この人は、母さんに怒《おこ》ってるのだろう。ディネオが病気《びょうき》になったのは、母さんのせいじゃないのに。

ティロとナレディは、母親の糊《のり》のきいたエプロンにしっかりとしがみついていたが、メイドの制服《せいふく》を着《き》た、こんなおかしなかっこうの母親を見るのは、はじめてだ。

母親は、廊下《ろうか》をとおって、子どもたちを台所《だいどころ》へとつれていった。廊下《ろうか》に面《めん》して、あけはなされたたくさんのドア。そのどの部屋《へや》も、ものすごく大きい。さらに、二階《にかい》へとつづく幅《はば》の広い階段《かいだん》。こんなにも大きな家があるなんて、ふたりはこれまで、想像《そうぞう》したこともなかった。

台所《だいどころ》で母親は、ふたりに水を一ぱいと、すでに調理《ちょうり》してあったおかゆをだしてくれた。台所《だいどころ》は、以前《いぜん》、母親が一度《いちど》だけ家に持《も》ちかえった雑誌《ざつし》の写真《しゃしん》そのままだ。

そういえば、そのときたしか、奥《おく》さまからもらった雑誌《ざっし》だとかいっていた。

それにしても、台所《だいどころ》をこんなにきれいにするなんて、母さんは、きょうどんなにたいへんだったろう。大きな食器《しょっき》だなには、さまざまな大きさの皿《さら》、コーヒー茶わんに受《う》け皿《ざら》、こわれやすそうな美《うつく》しいグラスなどが、ぴかぴかにみがかれて、ぎっしりときれいにならべられている。

ナレディは、母親が、さきほどの水とおかゆのうつわを、それとは別《べつ》の小さな食器《しょっき》だなからとりだしていたことに気づいた。母親は、ふたりが食べているあいだも、てきぱきと仕事《しごと》をかたづけている。

仕事《しごと》をおえると、母親は、ふたりを、裏庭《うらにわ》のすみにある小屋《こや》の小さな部屋《へや》につれていった。子どもたちは、興味《きょうみ》しんしん、その部屋《へや》をながめまわした。大きな鉄製《てっせい》のベッドには、母親がていねいに刺《し》しゅうした白いベッドカバーがかけられている。

ここでひとりぼっちで寝《ね》るのって、いったいどんな感《かん》じなんだろう、とティロは思った。家ではひとつの部屋《へや》に、みんないっしょに寝《ね》てるのに。

ふたりが電気スタンドに目をとめたので、母親は、電気をつけてみてもいいといった。だが、ティロが十回もつけたりけしたりしたので、とうとうやめさせた。

母親はやっと腰《こし》をおろすと、子どもたちをぐっとひきよせて、ふたりに今までのことをぜんぶ話させた。

✣

白人《はくじん》の女主人《おんなしゅじん》は、母親に念《ねん》をおした。ここパークタウンに、子どもたちが今晩泊《こんばんと》まるようなことになれば、警察《けいさつ》がだまってはいないだろうと。

そこで、ナレディは、グレースのこと、つまり、グレースがふたりをソウェトにつれていってもいいといってくれたことを話した。しかし、母親は決心《けっしん》がつかないようすだ。たしかに、グレースの母親とは、長年《ながねん》の知りあいだが、ソウェトはあまりにも危険《きけん》だ。

女主人《おんなしゅじん》に、短時間《たんじかん》の外出《がいしゅつ》の許可《きょか》をえると、母親は子どもたちの手をとって、となりの通りの十七番やしきまで歩いていった。三人がやしきの裏《うら》にまわると、グレースがちょうどそこにいた。

「だいじょうぶですよ。わたしがちゃんとついていますから」と、グレースは母親にうけあった。

そこで、あすの朝七時に、母親がヨハネスブルクの駅《えき》で子どもたちとおちあえるよう、グレースがふたりをつれてくることがきまった。母親は、グレースにふたりの旅費《りょひ》をあずけたが、もう目がうるんでいる。子どもたちをもう一度《いちど》だきしめ、わかれをつげた。

「ふたりとも、元気だして。うちにくれば、弟たちにも会えるわ」母親とわかれたふたりを、グレースがそういってはげました。

8. 警察《けいさつ》

三人がソウェトに行く列車《れっしゃ》に乗《の》りこんだのは、ラッシュ時《じ》だった。ナレディとティロは、必死《ひっし》でグレースにしがみついた。すわる場所《ばしょ》など、どこにもない。おとなたちの体が、あらゆる方向《ほうこう》からおしかぶさってきて、ふたりは息《いき》もできないくらいだ。

笑《わら》っている乗客《じょうきゃく》、悪態《あくたい》をついている乗客《じょうきゃく》、おしだまっている乗客《じょうきゃく》たちを、列車《れっしゃ》は、たえまなくゆさぶりながら走っていく。

駅《えき》にとまるたび、乗客《じょうきゃく》はわれ先《さき》におりようと、ドアのほうへどっとおしよせる。ナレディとティロは、グレースからひきはなされないよう、はげしい人の流《なが》れとたたかわなければならなかった。

ところが、ある駅《えき》についたとたん、たくさんの乗客《じょうきゃく》が大波《おおなみ》のようにドアにむかってながれだし、ふたりは、あっというまに列車《れっしゃ》の外へおしだされてしまった。死《し》にものぐるいでホームから列車《れっしゃ》にもどろうとしたが、ドアからは、まだ際限《さいげん》なく乗客《じょうきゃく》たちがはきだされてくる。列車《れっしゃ》は今にもうごきだそうとしているのに。

ナレディの目に、列車《れっしゃ》の中でもがいているグレースが見えた。グレースはナレディたちのところに出てこようとしているのだが、逆《ぎゃく》にどんどんおしこまれているのだ。

とうとう列車《れっしゃ》が走りだした！

ナレディとティロは、とほうにくれて顔を見あわせた。

これから、いったいどうすればいいんだろう？

✣

ホームのだれもが、階段《かいだん》にむかって歩いていく。階段《かいだん》の先は陸橋《りっきょう》で、線路《せんろ》をこえて出口へとつづいている。

すぐに、ホームにはだれもいなくなるだろう。そうなれば、警備員《けいびいん》に目をつけられるのはまちがいない。ふたりには切符《きっぷ》がない。お金もない。どうやってグレースをさがせばいいのか、見当《けんとう》もつかない。

おそらく、グレースがさがしにきてくれるまで、じっと待《ま》っているのが一番いい方法《ほうほう》だろう。だが、ホームには、それまで警備員《けいびいん》からかくれている場所《ばしょ》がない。

「陸橋《りっきょう》まで行って、そこからホームを見ながら待《ま》とう」と、ナレディが提案《ていあん》した。

そのときだ。いきなり、階段《かいだん》の上のほうでさわぎがおこった。階段《かいだん》の一番上に、制服《せいふく》すがたの三人の男が立っている。

警察《けいさつ》だ！

人びとが、急《きゅう》にひきかえし、階段《かいだん》をかけおりてくる。何人かは、そのままホームの先まで走っていった。高い有刺鉄線《ゆうしてっせん》のフェンスにとびつき、のりこえて外にでようとしている。

ばらばらと、ほかの数人がホームにとびおりた。走って線路《せんろ》をわたり、むかいのホームによじのぼっている。だが、そのとき、そっちのホームにも、さらにたくさんの警官《けいかん》があらわれた。

「ねえ、ぼくたち、どこへ行けばいいの？」おびえたティロが、ナレディの手をひっぱる。

「警官《けいかん》のよこをすりぬけよう」ナレディはささやくと、ティロを階段《かいだん》のほうへみちびいた。

人びとは、みんなポケットをさぐっている。あわてふためいて、バッグの中をひっかきまわしている人もいる。

そうか、これが、パスのぬきうち検査《けんさ》だ！

ひとりの男性《だんせい》が、パスは家に持《も》っている、置《お》きわすれてきただけだと、大声で警官《けいかん》に抗議《こうぎ》している。取《と》りに帰るのに、たった二分しかかからないから、警官《けいかん》がついてきてくれてもいいし、だれかが子どもに知らせてくれれば、すぐに子どもが持《も》ってくると。

その人は、そういって、自分の住所《じゅうしょ》を大声でさけんだ。一回、二回、……。

ビシッ！

「ごちゃごちゃいうんじゃない！」白人《はくじん》の警官《けいかん》が、男性《だんせい》を平手打《ひらてう》ちにして、どなりつけた。

黒人の警官《けいかん》がその男性《だんせい》をかべにおさえつけるのを、白人《はくじん》の警官《けいかん》は、冷淡《れいたん》な青い目で見つめている。

人びとはならばされて、ひとりずつ、パスを検査《けんさ》されている。

ひとりの少年が、まだ十六歳《さい》になっていませんというと、白人《はくじん》の警官《けいかん》は、「うそをつけ！　ごろつきめ」と、どなった。

ティロの心臓《しんぞう》は、凍《こお》りつきそうだ。

だが、その少年は泣《な》かない。手錠《てじょう》をかけられる少年の目は、怒《いか》りで燃《も》えるように光っていた。

そのとき、ならんでいる人たちの中から、どなり声《ごえ》があがった。

「はずかしくないのか！　子どもに手錠《てじょう》なんかして！」

同調《どうちょう》する不満《ふまん》の声が、どんどん大きくなったとき、ひとりの女の人が、ナレディとティロを指《ゆび》さしてさけんだ。

「あんたら、つぎは、この子たちを十六歳《さい》だっていうんだろ！」

白人《はくじん》の警官《けいかん》は、おどすように一歩《いっぽ》ふみだした。人も殺《ころ》しかねないようなおそろしい顔つきだ。警官《けいかん》は、ナレディとティロをじろりと見ると、片手《かたて》で、通れと合《あい》図《ず》した。

「警官《けいかん》がここにいるんなら、陸橋《りつきょう》にいるのは、まずいわ」息《いき》をつめて警官《けいかん》のよこを通りぬけたナレディが、やっとささやいた。

陸橋《りっきょう》からは、駅前《えきまえ》の通りが見わたせた。大きなワゴン車がとまっていて、そのよこには、さらにたくさんの警官《けいかん》がいる。年とった女の人が、らんぼうにワゴン車の中におしこまれた。

ふたりは陸橋《りっきょう》をおりて、駅前《えきまえ》に出た。ふと、ティロがふりかえると、手錠《てじょう》をかけられた人びとが陸橋《りっきょう》をひったてられていく。

「そうだ、さっきの人の子どもをよびにいこうよ。お父さんのパスを持《も》ってこいって。さっき住所《じゅうしょ》は聞いたから、家はさがせるよ」

「じゃ、いそごう！」ナレディもすぐに賛成《さんせい》した。

ふたりは、警官《けいかん》が立ちならぶワゴン車のよこをさっと通りすぎると、道《みち》ばたでリンゴを売っている女の人に、道をたずねた。その人は、指《ゆび》さして教えてくれた。

ふたりは、道を歩く人びとのあいだをぬうように、石《いし》ころだらけの道を走った。

両《りょう》がわには、コンクリートのブロックでできた箱《はこ》みたいな家がならんでいる。なみ木など一本もない。ただ、灰色《はいいろ》のけむりがたちこめているだけだ。

ついに、その住所《じゅうしょ》の家をさがしあて、重《おも》そうな水おけを運《はこ》んでいる少年を見つけた。その子は、ナレディたちの話を聞くと、すぐさま家の中にかけこみ、小さな手帳《てちょう》を手に、とびだしてきた。

三人は、駅《えき》にむかってかけだした。ところが、駅《えき》が見えたとたん、警察《けいさつ》のワゴン車が走りだしてしまった。

少年はさけんだ。父親を乗《の》せて目の前を走りすぎるワゴン車にむかって。

少年は、パスを地面《じめん》にたたきつけると、石をひろってワゴン車めがけてなげつけた。だが、石はタイヤの泥《どろ》よけをかすめただけ。スピードをあげたワゴン車は、かどを大《おお》まがりにまがって見えなくなった。

「こんなもの！　いつかきっと燃《も》やしてやる！」父親のパスをひろいあげながら、少年がののしった。「なんで、おやじたちは、いつまでもこんなこと、がまんしてんだよ！」少年の声には、はげしい怒《いか》りがこめられている。だが、少年はその怒《いか》りをおさえ、ふたりにいった。「とにかく、知らせてくれてありがとう。おれ、帰っておふくろに知らせなきゃ」

ナレディとティロは、少年が家にむかって歩いていくのを、ただ、だまって見おくった。

「ナレディ！　ティロ！」

おどろいて、すぐにあたりを見まわしたが、かなり遠いその声が、どこから聞こえたのかわからない。

上を見あげて、やっと、グレースが陸橋《りっきょう》の上から手をふっているのを見つけた。

ふたりは、大いそぎで駅《えき》にもどった。

グレースがおりてきて、切符《きっぷ》をわたしてくれた。とにかく、グレースに再会《さいかい》でき、ふたりはほんとうにほっとした。

「こんどは、しっかりつかまえておかなくちゃね」グレースはそういって、ふたりの手をしっかりとにぎった。

「たいへんなことがあったんだ」今までのことを、ティロはグレースに話したくてたまらなかった。

9. 写真《しゃしん》

やっとグレースの家につくと、ティロより少しおさないふたりの少年が、家からかけだしてきたが、ナレディとティロを見ると、はっとして立ちどまった。

「ポール、ジョナス。あんたたちに友だちをつれてきたわよ」

ふたりの兄弟《きょうだい》が、はにかんで笑《わら》う。

みんなは、暗《くら》い家の中にはいった。グレースがランプに火をともす。小さな部《へ》屋《や》は、テーブルと食器《しょっき》だなとコンロだけで、もういっぱいだ。

「みんな、おなかすいたでしょ？」グレースの声に、四つの頭がうなずいた。

まもなく、なべから、豆《まめ》の煮《に》えるおいしいにおいがたちのぼった。

ジョナスとポールが針金《はりがね》でつくった車を持《も》ってくると、三人の少年たちは、針《はり》

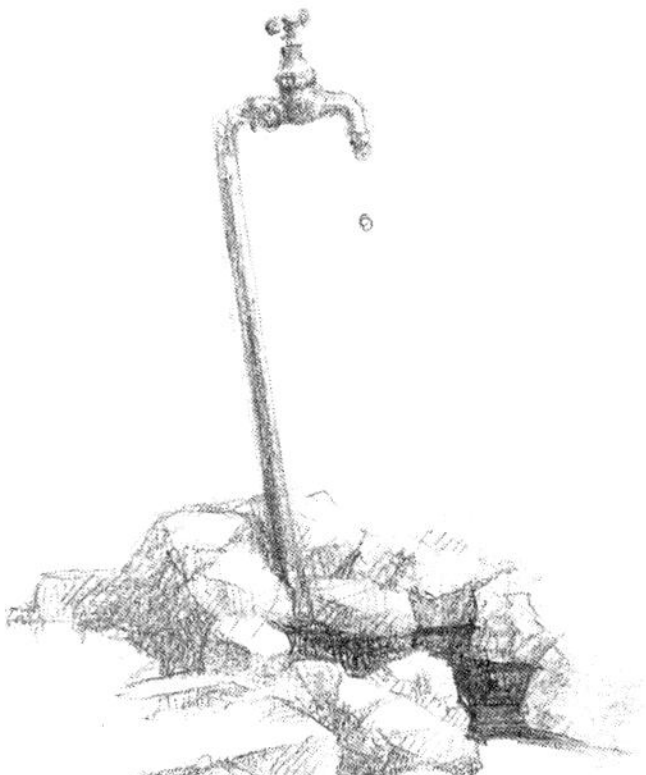

金《がね》のおもちゃについてにぎやかに話しだした。いっぽう、グレースは、ナレディにいろいろと話しかけてくれる。

食事《しょくじ》の前、みんなは手を洗《あら》いに、家の裏口《うらぐち》から、外の水道まで出ていった。

「まったく！　一日じゅう、他人《たにん》のために洗《せん》たくして、他人《たにん》の家はぴかぴかにそうじしてるっていうのに、自分たちは、家の中で手を洗《あら》うことすらできないんだから！」グレースがはきすてるようにいう。

ナレディには、グレースのいっている意味《いみ》がよくわからなかった。たずねようとしたとき、ティロが水をはねかしてあそびはじめた。

「やめなさい、ティロ！　もったいないじゃないの」ナレディは、ティロを蛇口《じゃぐち》からひきはなした。

ナレディは、グレースたちに、自分たちの村では、村の水《みず》くみ場《ば》まで水を買いにいかなければならないことを話した。

「前は、川から水をくんでくればよかったんだけど、今は、川が干《ひ》あがってしまったんです」

「川って、すっごく大きいの?」「ワニもいる?」

ポールとジョナスは、一度《いちど》もヨハネスブルクから先へは行ったことがないので、なんでも聞きたがるのだった。

✣

食事《しょくじ》のとき、ナレディは、かべにかけられた小さな写真《しゃしん》に気づいた。グレースの母親らしい人物《じんぶつ》と、四人の子どもがうつっている。かなり前の写真《しゃしん》だろう。ポールもジョナスも、写真《しゃしん》の中では、まだほんの赤《あか》ん坊《ぼう》だから。

「この人は、だれですか?」ナレディは、グレースより二、三歳年上《さいとしうえ》らしい写真《しゃしん》の中の少年をさしてたずねた。

「兄のドゥミ。でも、もうここにはいないの」グレースの声に、なぜか力がない。

「どこにいるの?」と、ティロが聞く。

「おしえても、よそでしゃべったりしないでね」

ナレディもティロも、うなずいた。

ところが、ポールが真剣《しんけん》な顔でいった。

「グレースねえさん、母さんのいったこと、わすれたのかい? ぼくたち、そのことしゃべっちゃいけないんだよ。でないと、ドゥミがたいへんなことになるんだよ」

「だいじょうぶよ」グレースは自信《じしん》たっぷりにいって、小さい弟を安心《あんしん》させた。

「この人たちは、このあたりのおしゃべり坊主《ぼうず》たちとは、ちがうわ」

ティロとナレディには、なんのことやら、さっぱりわからない。

「じつはね」と、グレースが話しだした。「兄のドゥミは、警察《けいさつ》につかまったの。一九七六年のさわぎのとき。あのときは、ここだけじゃなくて、あちこちで生徒《せいと》たちがデモ行進《こうしん》してたけど……」

グレースはことばを切った。

「知ってるでしょ？　もしかして、そのころ、あなた、まだ小さかった？」

「学校でも、上級生《じょうきゅうせい》はときどきそんな話をしてるんだけど、わたしたちは、あまり知らないんです」と、ナレディは正直《しょうじき》にいった。

そこで、ランプのうす暗《ぐら》い光に照《て》らされ、影《かげ》がゆらゆらかべにゆれる小さな部屋《へや》で、グレースは、子どもたちに語りはじめた。

10. グレースの話

そのころのことを、グレースは「炎《ほのお》のとき」とよんだ。

グレースとドゥミは、何千人もの生徒《せいと》たちといっしょに、通りをデモ行進《こうしん》していた。白人政府《はくじんせいふ》が、自分たちにつごうのいい教育内容《きょういくないよう》しか黒人の学校ではおしえようとしないことに反対《はんたい》する、抗議《こうぎ》のデモだ。

ドゥミと級友《きゅうゆう》たちがかかげる横断幕《おうだんまく》には、こんな抗議文《こうぎぶん》が書かれていた。

黒人は、ごみ箱《ばこ》ではない。

すべてが順調《じゅんちょう》にはこんでいた。警察《けいさつ》がこのデモを発見《はっけん》するまでは。そのあと、

惨事《さんじ》はおこった。

警察《けいさつ》が、デモをしている生徒《せいと》たちに銃《じゅう》をむけ、手《て》あたりしだいに発砲《はっぽう》したのだ。実弾《じつだん》をこめて。

おそろしい事態《じたい》になった。警察《けいさつ》は催涙弾《さいるいだん》も使《つか》ったので、生徒《せいと》たちはみんな、目もあけられないまま、にげまどった。

さけび、血《ち》をながしながら、たおれる生徒《せいと》たち。

さらに多くの警官《けいかん》が、装甲車《そうこうしゃ》でやってきた。ヘリコプターも出動《しゅつどう》し、空からも銃撃《じゅうげき》してくる。

グレースのすぐそばで、こぶしをあげて立っていた八歳《さい》くらいの少女は、つぎの瞬間《しゅんかん》、グレースがふりむいたときには、もうたおれて死《し》んでいた。

行進《こうしん》していた生徒《せいと》たちは、この攻撃《こうげき》に怒《いか》り、石をなげて警察《けいさつ》にたちむかった。人びとは、学校や政府《せいふ》の施設《しせつ》に火をつけはじめた。あたりは炎《ほのお》とけむりにつつまれた。

だが、警察《けいさつ》は銃《じゅう》での攻撃《こうげき》をやめず、とうとう、何百人もの人が殺《ころ》され、何百人もの人が負傷《ふしょう》し、さらに何百人が警察《けいさつ》に逮捕《たいほ》されたのだった。ドゥミも、逮捕《たいほ》された生徒《せいと》たちのひとりだった。

刑務所《けいむしょ》からだされたとき、ドゥミはグレースたちに話した。警官《けいかん》にどんなにひどくなぐられたか。だが、たとえ殺《ころ》されようと、闘《たたか》いをやめるつもりはないと。

ある日、ドゥミはすがたをけした。母親は、ぜんぶの警察署《けいさつしょ》をたずねて、ドゥミがつかまっていないか聞いてまわった。だが、返事《へんじ》は「ノー」。警察《けいさつ》がうそをついているのだろうか？　もう、ドゥミを殺《ころ》してしまったのだろうか？

なんの情報《じょうほう》もえられないまま、一年がすぎた。

ところが、ある日、手紙がきた。ドゥミからだ。差出人《さしだしにん》の住所《じゅうしょ》は書かれていないが、ヨハネスブルクで投函《とうかん》されている。今、元気に外国で勉強《べんきょう》していると書かれていた。その手紙は、友だちにたのんで出してもらったのだった。

さらに、ドゥミは、こう書いていた。

いつかきっと帰ってくる。帰って、自由《じゆう》のために、すべての人びとの生活《せいかつ》をよくするために、闘《たたか》うつもりだと。

その「自由《じゆう》」の文字が、大きく黒《くろ》ぐろと書かれていた。

ドゥミが生きていることがわかって、家族《かぞく》は大よろこびだった。だが、同時に、ドゥミがたいへんな危険《きけん》にさらされていることを心配《しんぱい》した。そして、それをものともしないドゥミの勇気《ゆうき》を、誇《ほこ》らしく思うのだった。

いなくなったとき、ドゥミは少年だったが、今はもう、すっかりおとなになっているだろう。その手紙以来《いらい》、ずいぶん長いあいだ連絡《れんらく》がないが、家族《かぞく》は希望《きぼう》をうしなわず、ドゥミからの知らせを今も待《ま》ちつづけている。

グレースが話しおえても、聞いていた四人の子どもたちは、だれも口をひらかなかった。

「さあ、もう寝《ね》る時間ね」グレースは椅子《いす》をひき、うーんとのびをした。弟たちは皿《さら》をかたづけ、あすの朝、外の洗《あら》い場《ば》で洗《あら》えるように、洗《あら》いおけにつっこんだ。

ナレディはグレースといっしょにベッドにはいり、男の子たちは三人いっしょに寝《ね》た。ティロはすぐに寝息《ねいき》をたてはじめたが、ナレディは、しばらくのあいだ、いろいろなことが頭にうかび、寝《ね》つけなかった。

きょうは、ほんとうにたくさんのことがあった。今、母さんはなにをしているだろう。

あの小さな部屋《へや》で、ひとりで寝《ね》ているのだろうか？　それとも、あの大きなやしきの中で、白人《はくじん》の子どものめんどうを見ているのだろうか？

だが、母さんは、きっとディネオのことを考えている。それは、たしかだ。それにしても、どうして、すぐにディネオのところへ帰れなかったのだろう？　あす家に帰りつく前に、ディネオにもしものことがあったら？

そのことは考えたくない。それに、帰れなかったせいで、グレースの家に泊《と》めてもらえて、話も聞けたのだ。今では、グレースと知りあいになれて、ほんとうによかったと思う。

それから、ナレディは、ソウェトのデモでのおそろしいできごとや、ドゥミと手紙のことを考えた。大きく書かれていたということば、「自由《じゆう》」について。でも、いったいどういう意味《いみ》なのだろう？　「自由《じゆう》」って。

母さんといっしょにくらせること？　中学校に進学《しんがく》できること？　だが、グレースはいったではないか。あのとき生徒《せいと》たちがデモ行進《こうしん》したのは、学校で、自分たちの頭に「ごみ」をつめこまれることに抗議《こうぎ》したのだと。じゃあ、自由《じゆう》になった学校では、なにを学ぶのだろう？

疑問《ぎもん》がつぎからつぎにわいてくる。

考えているうち、とうとう、ナレディは眠《ねむ》りにひきこまれた。

11. 家に帰る

「さ、おきて！　五時よ」

グレースの声に、ナレディとティロは、ねむりたりない体を、やっとおこした。ふたりはだまって、グレースの用意《ようい》してくれたお茶を飲《の》み、家からしずかに出ていった。まだ、ぐっすりねむっているジョナスとポールをのこして。

外はまだ、うす暗《ぐら》い。だが、たくさんの人たちが、駅《えき》のほうへいそいでいた。列車《れっしゃ》はきのうとおなじく満員《まんいん》だ。どの顔もみな、つかれていた。列車《れっしゃ》が急《きゅう》にうごいたり、とまったり、大きくゆれたりするたびに、ぎゅうぎゅうにおしこまれた乗客《じょうきゃく》たちの骨《ほね》と骨《ほね》がきしみあう。だが、駅《えき》にとまると、さらにたくさんの人が乗《の》りこんでくる。そして、とうとう列車《れっしゃ》がヨハネスブルクにつき、ドアがあいた

とたん、乗客《じょうきゃく》たちはどっと外になげだされ、きょう一日の仕事《しごと》へと、川のようにながれていくのだった。

三人が中央改札口《ちゅうおうかいさつぐち》につくと、母親はもう、旅行《りょこう》カバンをさげて待《ま》っていた。そして、心からグレースに礼《れい》をいった。

「こんど、なにかお手伝《てつだ》いできることがあったら、ぜひ知らせてちょうだいね。おかえししなければ」

「ツァマヤ・セントレ」改札口《かいさつぐち》のさくをはさんで、グレースはツワナ語であいさつした。

「サラ・セントレ！」三人はいそぎながら、手をふった。

✣

家にむかう列車《れっしゃ》は、それほど混《こ》んでいなかったので、子どもたちは窓《まど》ぎわの席《せき》にすわることができた。

くるときに通ったところを、もう一度《いちど》見てみたい。とくに、ひと晩《ばん》すごしたオレンジ畑《ばたけ》を。

ふたりが、たすけてくれたオレンジ畑《ばたけ》の少年の話をすると、母親はしみじみといった。

「それは、とても勇気《ゆうき》のいることだよ。もし見つかったりしたら、その子はうんとひどい目にあったはずだもの」

「母さん、知ってる？　グレースには兄さん……」

ティロはドゥミのことを話しだそうとしたが、ナレディが、すばやくティロの足をけって、こわい顔をしてみせた。

このおっちょこちょい！　グレースとのやくそくを、もうわすれてる。

ティロは、しまったとくちびるをかんだ。だが、さいわい、母親は気づかなかったようだ。

「ほんとうはその子も、農園《のうえん》じゃなくて、学校に行かなくちゃならないのにねえ」母親はまだ、農園《のうえん》の少年のことを考えている。

ナレディは、母親の肩《かた》に、そっと頭をもたせかけた。

考えるほど、わからなくなる。母さんは、子どもは学校に行くべきだというが、グレースによれば、学校は生徒《せいと》に、ごみみたいな知識《ちしき》をおしえこんでいるそうだ。ドゥミと級友《きゅうゆう》たちがかかげた横断幕《おうだんまく》には、「黒人は、ごみ箱《ばこ》ではない」と書いてあったというではないか？

そのことや、そのあとの銃撃《じゅうげき》のことについて、母さんは、どう考えているんだろう？　グレースのそばにいたあの撃《う》たれた少女のことを、知っているんだろうか？

母親は一度《いちど》も、そのようなことについて子どもに話したことがない。ナレディたちがまだおさないから、話すのは早いと思っているのだろうか？

窓《まど》から外をながめてはいたが、ナレディの目にはなにもうつらなかった。頭の中は、疑問《ぎもん》でいっぱいだ。

そうだ、このことを、今、母さんに話してみよう。

母親によりかかって、ここちよいぬくもりを感《かん》じているうちに、ナレディは、ひとりでなやんでいるのがばからしくなった。それに、母親とこんなふうにいっしょにいられる機会《きかい》なんて、めったにないのだから。

「母さん……」ナレディは、母親の顔を見あげて話しはじめた。「グレースが話してくれたの。生徒《せいと》たちが、デモ行進《こうしん》した……」

ナレディは思わず口をつぐんだ。母親の目に、いなずまのように、ショックと苦痛《くつう》の表情《ひょうじょう》があらわれたからだ。つづいて母親がとった行動《こうどう》に、ナレディはさらにおどろいた。

母親は、じっと自分のひざを見つめたまま、ナレディがたえられないほど長いあいだ、おしだまったままだったのだ。

だが、とうとう母親は、低《ひく》い声でしずかに語りはじめた。

「おまえは、知らないんだよ。あのとき、どんなにたくさんの子どもたちが、路上《ろじょう》で死んだか……。どんなにたくさんの母親が、泣《な》きさけびながら、わが子をさがしたか……」

母親は、ゆっくり頭をふった。それから、また、しばらくなにもいわなかった。これ以上《いじょう》話すべきかどうか、まよっているようだ。母親は、つかれきったようすで前にかがみ、片手《かたて》で顔をおおうと、ゆっくりとひたいをぬぐった。

「毎日、毎日、わたしは必死《ひっし》で働《はたら》いてるんだよ。奥《おく》さまのお気にめすとおりに仕事《しごと》をやろうと。料理《りょうり》、そうじ、洗《せん》たく、アイロンかけ。朝七時から、夜十時、パーティーのときは十一時まで。腰《こし》をおろせるのは、食事《しょくじ》のときだけ！　でも、わたしはひとことも文句《もんく》をいわないで、いわれたとおり、だまって働《はたら》く。なぜかって、もし首になったら、二度《にど》と仕事《しごと》にありつけないからさ。奥《おく》さまが、この女は役立《やくた》たずだといえば、だれもやとっちゃくれない。そのとたん、おまえたちに、食べものも着《き》るものも買ってやれなくなるし、学校にだって行かせられなくなるんだから」

母親は、背《せ》すじを立てると、ふたりの子どもにうでをまわした。ティロが、母親にすりよった。

「そんなの、ひどい」と、ナレディは低《ひく》い声でいった。

「そうさ、ひどいことだよ。あのときデモ行進《こうしん》した子どもたちは、こんなわたしらのようにはなりたくないと思った。学校で、そんな召《め》し使《つか》いになるための勉強《べんきょう》なんてしたくないって。そして、それを変《か》えようとした。たとえ、そのために死《し》ぬようなことになろうとね！」

「ああ、母さん！」ナレディは声をころしてさけんだ。

ティロが、母親の手をぎゅっとつかむ。母親は、ティロを自分のひざの上にひっぱりあげた。

「その人たちのお父さんやお母さんは、なんていったの？」と、ティロが聞いた。

「やめさせようとした親もいた。危険《きけん》な目にあってほしくないからね。でも、子どもたちの考えに賛成《さんせい》して、協力《きょうりょく》する親もいた」

母親の説明《せつめい》によると、あるときは、そんな子どもたちが日をさだめ、親たちに、抗議《こうぎ》のために仕事《しごと》に行かないでほしいとたのんだ。そこで、たくさんの人びとが、首になるのをかくごで仕事《しごと》を休んだ。ストライキだ。

「わたしの友だちの中には、子どもをソウェトにのこして働《はたら》いてる人もいる。その人たちにとって、それはそれは心配《しんぱい》な日々《ひび》がつづいたよ。ムバタ家《け》の長男《ちょうなん》は逮《たい》捕《ほ》されてしまった。母親は、警察《けいさつ》という警察《けいさつ》をたずねて、死《し》にものぐるいで息子《むすこ》をさがしまわってた……」

ナレディはおどろいた。じゃあ、母さんは、ドゥミのことを知ってたんだ。でも、とにかく、自分もティロも、グレースとのやくそくはやぶらずにすんだ。

母親は話しおえた。三人は、ただだまってすわっていた。列車《れっしゃ》が駅《えき》につくたび、人びとが、箱《はこ》やカバンや包《つつ》みをもって乗《の》りおりする。

窓《まど》の外では、風景《ふうけい》がとぶようにすぎる。草原《そうげん》、山、また草原《そうげん》……。

とつぜん、ナレディは思った。自分はなんてちっぽけなんだろう！　今回の旅《たび》をするまで、世《よ》の中《なか》にこんなに広い土地があるなんて、想像《そうぞう》もしていなかった。都会《とかい》がどんなところかなんて、考えたこともなかった。グレースのような人物《じんぶつ》がいることも知らなかった。

そして、母親。今回の旅で少しずつわかってきた母親は、これまで、ナレディがまったく知らなかった母親のすがただった。

✣

「あ、あれだ！　ぜったいあれだよ！」

ティロのさけび声におどろいて、ナレディはわれにかえった。しかし、ティロが指《ゆび》さしているオレンジの農園《のうえん》は、すでに列車《れっしゃ》のうしろにとびさっていた。

母親が、かすかにほほえんで、うなずいた。

12・病院《びょういん》

そのあとは、だれもしゃべらなかった。三人の思いは一様《いちよう》に、ディネオのことにむかっていた。

列車《れっしゃ》が駅《えき》につくと、母親は子どもたちをせきたて、大いそぎでホームにおりた。それから、駅前《えきまえ》に車をとめて立っている男性《だんせい》に声をかけ、熱心《ねっしん》に交渉《こうしょう》した。

母親が、さいふからいくらかお金をとりだしてわたすと、その男性《だんせい》は、三人をまず村まで乗《の》せていき、それからすぐ病院《びょういん》へ送《おく》ることを承知《しょうち》した。

ナレディの見るかぎり、大金《たいきん》だ。母親は、あの女主人《おんなしゅじん》から借《か》りてきたにちがいない。

車は、でこぼこ道《みち》をとびはねながら走り、土《つち》ぼこりをまきあげて村の中へはい

った。

この村を、弟とこっそり出発《しゅっぱつ》したのが、たった二日前だなんて、ナレディには信《しん》じられない。

母親が運転手《うんてんしゅ》に道をおしえ、車が家と家のあいだを走っていくと、村の人たちが、ものめずらしそうな顔をむけた。こんなふうに車がはいってくることなど、めったにないのだ。

エンジンの音を聞きつけて、祖母《そぼ》とおばが、家の中から走り出てきた。祖母《そぼ》は、ますますやせてつかれきった顔をしている。だが、車から出てきたのがだれだかわかると、目をぱっとかがやかせた。

「赤《あか》ん坊《ぼう》が、ずいぶんわるいんだよ」と、祖母《そぼ》は低《ひく》い声でささやいた。

母親はすぐさま家にはいり、ディネオをだいて出てきた。小さな女の子は、母親のうでの中でぐんにゃりしていて、目のまわりも落《お》ちくぼんでいる。

「おまえたちは、ばあちゃんといっしょに家にいなさい」ナレディとティロが大いそぎで車から荷物《にもつ》をおろしていると、母親が強い口調《くちょう》でいった。

「おねがい、母さん。わたしはいっしょに行っていいでしょう？　ねえ」ナレディはけんめいにたのんだ。「ばあちゃんの手伝《てつだ》いは、ティロがするわ」

母親は、さっと祖母《そぼ》に目をやった。祖母《そぼ》が、つかれた顔でうなずいた。ナレディはいそいで、祖母《そぼ》の体をだきしめた。

「ありがとう！　今までのことは、ぜんぶティロが話すわ。だから、どうか怒《おこ》らないで。心配《しんぱい》かけたことは、ものすごくわるかったって思ってるの」

「でも、ぼくたち、母さんをつれてきたよ！」と、ティロが口をはさんだ。

「じゃあ、その話、家の中で聞こうじゃないの」と、おばがティロをさそった。

祖母《そぼ》は、ティロの肩《かた》にうでをまわし、手をふって車を見おくった。家の前に立つ三人のすがたが見る見る小さくなって、土《つち》ぼこりのむこうにきえてしまうまで、ナレディは目をはなさなかった。

さて、車は、もときたでこぼこ道《みち》を、猛《もう》スピードで町へひきかえした。母親は、うでの中のディネオをそっとゆすり、やさしくささやきかけている。ナレディもディネオの小さな手をとり、かぼそい指《ゆび》にさわって、いつものようにあやそうとした。だが、小さな妹は、なんの反応《はんのう》もしめさない。

病院《びょういん》へむかうこの一分一分《いっぷんいっぷん》がますます長く感《かん》じられ、ナレディは気が気ではない。もし一分おくれたばっかりに、手おくれになったとしたら？　ひょっとして、ほんとにそんなことになるかもしれないではないか？

ついに、車は町なかをぬけ、また広い草原《そうげん》の中へと走りでた。まもなく、まばらな木立《こだち》の下に、白い低《ひく》い建物《たてもの》が、数棟《すうとう》かたまって建《た》っているのが見えてきた。殺風景《さっぷうけい》な敷地内《しきちない》には、ぽつぽつと小さなしげみがあるだけだ。敷地《しきち》の前の道路沿《どうろぞ》いに、人が何人か立っている。

母親とナレディが車からおりると、その中のひとりの老人《ろうじん》が、よろよろと運転手《うんてんしゅ》のところまで出てきた。それから、つれの人たちがどっと車におしよせ、車は、あっというまにぎゅう詰《づ》めになり、また町にむかって、土《つち》ぼこりをまきあげながら走りさった。

ナレディは、ぴったりと母親によりそい、建物《たてもの》の前の地面《じめん》にすわったり横《よこ》になったりしている人びとの前を歩いていった。うすい毛布《もうふ》を肩《かた》までまとった女の人が、ふたりにどこに行けばいいのか、指《ゆび》さしておしえてくれた。

建物《たてもの》のかどをまがると、ナレディの目にとびこんできたのは、病人《びょうにん》の長い列《れつ》だ。列《れつ》は、玄関《げんかん》よこのベランダまでつづいていて、そこの机《つくえ》に白人《はくじん》の女の人がすわっている。

「あの人が、ディネオをみてくれるお医者《いしゃ》さん？」と、ナレディは小声《こごえ》で母親に聞いた。

母親は首をふった。

「いいや。まず、あの人からカードをもらわなきゃならないんだよ。お医者《いしゃ》さんは、病院《びょういん》の中」

列《れつ》はなかなかすすまず、待《ま》っている人びとは、二、三分にやっと一、二歩《ほ》、足を前にずらすだけだ。

弱って立っていられない病人《びょうにん》は、かべに頭をつっこむようにして横《よこ》になり、列《れつ》がすすむときは、まわりの手を借《か》りている。ナレディたちのすぐ前には、毛布《もうふ》で背中《せなか》に赤《あか》ん坊《ぼう》をおぶった若《わか》い女の人がならんでいたが、いったい赤《あか》ん坊《ぼう》とその女性《じょせい》のどちらが病人《びょうにん》なのか、ナレディにはわからなかった。

強い日《ひ》ざしが、ようしゃなく、ならんでいる人びとにあたる。母親は手をかざして、日《ひ》ざしからディネオをまもろうとしたが、この暑《あつ》さは、ふせぎようがない。じき、ディネオは、か弱《よわ》い泣《な》き声《ごえ》をあげはじめた。

母親はゆっくりとディネオをゆすり、ナレディは短《みじか》いわらべ歌をうたってやった。だが、ふだんなら、おさない妹を笑《わら》わせるそんな歌も、今はまるで聞こえていないようだった。

✣

ついに自分たちの番がきて、机《つくえ》の前に立つと、ナレディはほっとひと息《いき》ついた。いよいよ病院《びょういん》の中にはいり、薬《くすり》がもらえるにちがいない。

だが、中に案内《あんない》され、廊下《ろうか》を通ってひとつの部屋《へや》に通されると、なんとそこには、外よりもっとたくさんの病人《びょうにん》がつめこまれているのだった。ナレディは、今にも大声でどなりだしそうだ。

「ディネオの前に、こんなにたくさんの人がいるわけ？」ナレディはさけび声をおしころして、母親に聞いた。

「みーんな、重《おも》い病気《びょうき》なんだよ。がまんしなくちゃ、ナレディ」

運《うん》のいいことに、長椅子《ながいす》に空いている席《せき》があって、そのとなりには、さっきの赤《あか》ん坊《ぼう》を背負《せお》った若《わか》い母親がすわっていた。年齢《ねんれい》は、グレースとあまり変《か》わらないかもしれない。

口をひらいたのは、その女性《じょせい》のほうだった。

「ここは、いつも待《ま》たされるのよ。前にも、この子ときたんだけど、またぐあいがわるくなっちゃって」

「どこがわるいの？」と、ナレディの母親が聞いた。

「この前きたとき医者《いしゃ》がいうには、もっとミルクがひつようなんだって。でも、ミルクを買うお金なんて、うちにはないし」

母親はため息《いき》をついた。

「うちの子の病気《びょうき》も、きっとおなじだろうねえ」

13. 生《せい》と死《し》

午後のあいだ、ナレディたちは、患者《かんじゃ》がひとりずつ看護師《かんごし》によばれて部屋《へや》にはいるのを、ただ、だまって見ていた。

一度《いちど》だけ、医者《いしゃ》が部屋《へや》から出てきた。医者《いしゃ》のつかれきった顔は、白衣《はくい》と変《か》わらないほど青白《あおじろ》く、目の下には黒いくまができていた。

午後もだいぶすぎたころ、ディネオが水をほしがった。母親はディネオをだいて、部屋《へや》のすみの水飲《みずの》み場《ば》まで水を飲《の》ませにいった。だが、ひと目《め》見たとたん、思わず顔をそむけるほど、その小さなスチール製《せい》の流《なが》しは、ごみと水《みず》あかでよごれていた。

そこで、ナレディが、流《なが》しのふちにさわらないよう気をつけて、蛇口《じゃぐち》から手で

水をうけ、ディネオの小さなかわいたくちびるに少しずつたらしてやった。

しばらくたつと、こんどは、ナレディの胃《い》ぶくろが、空腹《くうふく》のためにあばれはじめた。

最後《さいご》に食べものを口に入れたのは、グレースの家で食べた夕食だから、きのうの夜だ。

母親は、ナレディの顔を読みとり、ナレディに小銭《こぜに》をもたせて、外に食べものを買いにいかせた。

ナレディが丸パンを三つ買ってもどると、母親は、となりにすわっている若《わか》い女性《じょせい》にひとつさしだした。その食べかたを見て、その女性《じょせい》が、そうとうひどい空《くう》腹《ふく》をがまんしていたことが、ナレディにはよくわかった。

やっと、その人が赤《あか》ん坊《ぼう》をつれてはいるようによばれたのは、午後もおそくなって、もう外がうす暗《ぐら》くなりかけたころだった。赤《あか》ん坊《ぼう》は、母親の背中《せなか》にきっちりと背負《せお》われたまま、昼《ひる》ごろからずっとしずかにしている。

若《わか》い母親は、いくらもたたないうちに、部屋《へや》から出てきた。ビニールのふくろをしっかりだいている。体全体《ぜんたい》をがたがたふるわせていたかと思うと、ドア近くにいた男の人がささえる間《ま》もなく、その場《ば》にくずおれてしまった。

「わたしの赤ちゃん、わたしの赤ちゃんが……、死《し》んじゃった。死《し》んじゃったよ――！」

泣《な》きじゃくる声が、待合室《まちあいしつ》いっぱいにひびきわたる。

思わずナレディの母親がかけよろうとしたとき、看護師《かんごし》がドアのところにあらわれて、ディネオの名前をよんだ。

若《わか》い母親の泣《な》きさけぶ声は、ナレディの胸《むね》に突《つ》きささるようだ。小さいディネオをだいたナレディの母親が、待合室《まちあいしつ》で待《ま》っているようにとナレディにいって部《へ》屋《や》にはいっていく。ナレディは、まるで体が麻《ま》ひしたように、ぼんやりと見おくった。

視線《しせん》が、若《わか》い母親のもつビニールのふくろへすいよせられる。ふくろの中の小さい赤《あか》ん坊《ぼう》は、ついさっきまで、おだやかにねむっているように見えたのだ。だが、そのときは、すでに死《し》んでいたのだろうか?

やがて、若《わか》い母親は、ビニールのふくろにおおいかぶさるように、頭をがっくりとたれたまま、やっとのことで立ちあがり、待合室《まちあいしつ》をよろよろと出ていった。

ナレディの目は、こんどは、医者《いしゃ》のいる部屋《へや》のドアにすいつけられた。だが、目にうつるのはドアではなく、小さな墓穴《はかあな》に、そっと置《お》かれた小さなビニールのふくろだ。とたんに、ナレディは、母親のもとにかけだしたくてたまらなくなったが、椅子《いす》のはしをしっかりつかんで、がまんした。

とうとう、母親が出てきた。が、手《て》ぶらだ。

「母さん、ディネオは?」ナレディは思わずさけび声をあげた。

「ディネオは、ここで治療《ちりょう》をうけないといけないそうだよ。三日後に、むかえにくるようにって……。のどがとってもわるくて、体も弱ってるって……」母親がのどをつまらせる。

病院《びょういん》をでる前に、入り口の机《つくえ》で支払《しはら》いをすませなければならない。そして、こんどきたときは、またさらに支払《しはら》うことになるのだ。母親は、さいふにのこったお金をかぞえている。

「バス代《だい》はないから……歩いて帰るしかないね」

母親の顔は、これ以上《いじょう》ないほどつかれきっていた。

「でも、ヨハネスブルクよりは近いわ、母さん！」ナレディはそういって、母親とうでを組んだ。

ナレディは、自分でもおどろいた。ほんの少し前は、母さんになぐさめてもらいたくてしかたがなかった自分が、逆《ぎゃく》に母さんをはげましている。

とにかく、帰りつくまでは、母さんをひとりじめできる。ナレディには、それがむしょうにうれしかった。

✣

外は、もう暗《くら》くなっていた。だが、今夜はさいわい月夜《つきよ》。月が道を照《て》らしてくれるし、母親がわき道《みち》を知っているので、町を通らなくてすむ。

ふたりは、うでを組んで、家までの長い道《みち》のりを歩きはじめた。道《みち》みち、ナレディは母親に医者《いしゃ》のことをたずねた。母親によると、とても親切《しんせつ》な医者《いしゃ》で運《うん》がよかったという。ただ、医者《いしゃ》のほうが、過労《かろう》のせいで病人《びょうにん》のようだったそうだ。

「そのお医者《いしゃ》さん、ディネオはなおるっていったの？」

「わたしたちにできることは、ねがうことだけ……」母親はそういってから、ナレディと組んだうでに、ぎゅっと力を入れた。「おまえたちがわたしをよびにきてくれて、ほんとうに感謝《かんしゃ》してるよ。あとは、薬《くすり》がきいて、ディネオをすくってくれるのをいのるしかない」

医者《いしゃ》はまた、ディネオの体を強くするためには、ミルクやくだものや野菜《やさい》もあたえなくてはならないといったそうだ。

「でも、そんなものを買うお金が、どうやったら手にはいるのか、それは、おしえてくれなかったけどね」母親は、ため息《いき》まじりに、そういいたした。

月は夜空《よぞら》をわたり、村に近づくころには、ずっと西にかたむいていた。ふたりは、そっと家の中にはいった。だが、祖母《そぼ》はすぐに気づいたようだ。ふたりが帰らないのを心配《しんぱい》して、ずっと目をさましていたらしい。

祖母《そぼ》がくれたお茶を飲《の》みながら、ナレディはもう目をあけていられなかった。飲《の》みほすとすぐに、ベッドにはいあがり、毛布《もうふ》にくるまった。

14. 待《ま》ちわびて

いつもなら、母親が家にいるのは、子どもたちにとってしあわせの時間だ。

まず、母親の到着《とうちゃく》を待《ま》ちわびるよろこび。それから、やっと母親をむかえると、ひさしぶりにことばをかわしたりだきあったりの、うれしいひとさわぎ。そしてそのあと、母親が荷物《にもつ》をあけ、家族《かぞく》のために買いためておいたプレゼントをとりだす興奮《こうふん》の瞬間《しゅんかん》がやってくる。

母親は、ヨハネスブルクで働《はたら》いているあいだ、たまの休日になると、市内《しない》の古《ふる》物市《ものいち》や慈善《じぜん》バザーにでかけていく。そして、白人《はくじん》がいらなくなった古着《ふるぎ》などを、安く買《か》い集《あつ》め、プレゼントとして持《も》ち帰るのだ。

そうした大さわぎがすぎると、母さんが家にいるという静《しず》かなよろこびのとき

がおとずれる。

母親は、祖母《そぼ》を手伝《てつだ》って家の中の仕事《しごと》をしたり、ディネオをあやしたりしながら、いつでもティロとナレディの話に耳をかたむけてくれる。ふたりは、母親の留守中《るすちゅう》に自分たちがなにをしていたか、きそうように話すのだった。

だが、今回の母親の帰宅《きたく》は、ぜんぜんちがった。むしろ、父親が死《し》んだときに似《に》ていた。

母親が病院《びょういん》にディネオをむかえにいくまでの三日間、時間はのろのろとすぎていった。

おとなたちは、自分たちが心配《しんぱい》している最悪《さいあく》の予想《よそう》については、ひとこともしゃべらない。だが、ナレディには、おとなたちの目の中に、その重苦《おもくる》しい不安《ふあん》が、ありありと見えた。

朝おきると、ティロはかならず、母親に、あと何日したらディネオをむかえにいくのかとたずねる。それから、水運《みずはこ》びを手伝《てつだ》い、少しのあいだ外にあそびに行く。だが、ナレディは、できるだけ母親のいる家の中ですごした。

四日めの朝早く、母親はひとりで出発《しゅっぱつ》した。病院《びょういん》への行き帰りのバス代《だい》は、近《きん》所《じょ》の人から借《か》りたようだ。

その日の一日は、それまでより、いっそう時間がすぎるのがおそかった。ティロは、家の前で、針金《はりがね》の切れはしでいろんなものの形をつくったり、それにあきると、針金《はりがね》で砂地《すなじ》に絵をかいてあそんでいた。

ナレディは家の仕事《しごと》がなくなると、戸口《とぐち》の前の石段《いしだん》に腰《こし》をおろして、バスの通るむこうの大きい道路《どうろ》の方角《ほうがく》を、じっと見つめた。

頭の中を、むりやり空《から》っぽにして、バスのとまるあたりから人影《ひとかげ》がひとつでも見えないかと、それだけに気持《きも》ちを集中《しゅうちゅう》しようとした。そうしなければ、すぐに、病院《びょういん》でのことを思いだしてしまう。すると、きまって、あのビニールのふくろが目にうかんでくるのだ。

ときどき、背中《せなか》に赤《あか》ん坊《ぼう》をおぶった女の人が、遠くに見えることがある。だが、少し近くまでくると、そのすがたが母親ではないことがわかるのだ。

午後もおそくなって、とうとう、母親にまちがいない人影《ひとかげ》が近づいてきた。ナレディは、家の中にむかって、大声で祖母《そぼ》をよんだ。ナレディとティロは競争《きょうそう》するように、人影《ひとかげ》にむかって、土《つち》ぼこりをけたてかけだした。

「母さんだ！　やっぱりだ！」かけながら、ティロがさけぶ。

「ディネオをおぶってる！」ナレディも、あえぎながらさけんだ。

ふたりの子どもたちが、全速力《ぜんそくりょく》でかけてくるのを見て、母親は立ちどまって背《せ》中《なか》をむけ、妹のすがたをふたりに見せてやった。かけつけた兄と姉が声をかけると、小さい妹ははずかしそうにちょっとほほえみ、また母親の背中《せなか》に頭を休めた。

「まだ、体力《たいりょく》はもどってないんだけど、熱《ねつ》は、もうさがったから」と、母親がふたりに報告《ほうこく》する。

ナレディとティロは、母親を両《りょう》がわからはさんで、家にむかって歩いた。

おばが、家から出てきて、うれしそうに声をかける。祖母《そぼ》は、戸口《とぐち》によりかかったまま、こちらを見ている。

「よかった……」帰ってきたディネオの小さい頭にそっと手をふれ、祖母《そぼ》がささやいた。

15. 希望《きぼう》

その夜、子どもたちはなかなか寝《ね》つけなかった。

母親は、あすの朝、ヨハネスブルクにもどらなくてはならない。一日おくれるごとに、母親の給料《きゅうりょう》から、一日分《いちにちぶん》の賃金《ちんぎん》がへっていくのだ。

それに、今では方《ほう》ぼうに借金《しゃっきん》もある。もちろん、母親は、毎月の食費《しょくひ》や学校のためのお金も、祖母《そぼ》に送《おく》りつづけなくてはならない。

母親は、ディネオにじゅうぶんミルクを飲《の》ませていないことを、とても気にしている。もっとミルクを飲《の》ませ、くだものや野菜《やさい》を食べさせなくてはならないと医者《いしゃ》がいったことを、看護師《かんごし》が、またくりかえし母親に注意《ちゅうい》したのだ。

「でも、どんなに一生《いっしょう》けんめい働《はたら》いたって、ほんの少ししか、お金がもらえない

んだからねえ」母親は、ディネオをだいて寝《ね》かしつけながら、ため息《いき》まじりにいった。

ティロは、みんなにおやすみをいうと、ベッドに横《よこ》になり、オレンジの農園《のうえん》で出会ったあの少年のことを考えていた。

自分も、あんなふうに働《はたら》くことができるだろうか。でも、母さんはきっと賛成《さんせい》しないだろう。だって、農園《のうえん》で働《はたら》いている少年も、ほんとうは学校に行くべきだといっていたくらいだから。

ティロは、それから、ドゥミのことを考えた。手紙には、よその国で勉強《べんきょう》していると書かれていたそうだ。

いったいなにを勉強《べんきょう》しているんだろうか？　あす、ナレディに聞いてみよう。

それに、あすは、針金細工《はりがねざいく》の車を、あたらしい形につくりかえてみるんだ。ジョナスとポールがつくってたように。

ティロはそっとうでをのばし、ディネオにさわった。

小さい妹が、またいつもの場所《ばしょ》に寝《ね》てるのは、なんとうれしいことだろう。これで、母さんが町に出なくてすんだら……。

✣

ナレディもねむれず、横《よこ》になったまま、祖母《そぼ》とおばと母親が小声《こごえ》で話しているのを聞いていた。

三人のおしゃべりを聞いていると、なんとも安心《あんしん》した気持《きも》ちになる。だが、あすの夜にはもう、母親の声は、この話し声の中にはないのだ。

ナレディは、うつぶせになって両《りょう》うでの中に顔をうずめ、こみあげてくる涙《なみだ》をがまんしようとした。泣《な》いたってなんにもならない。

だって、想像《そうぞう》できないではないか、グレースの泣《な》くすがたなんて。毎日毎日、ひとりでふたりの弟のめんどうを見、家のことも切《き》りもりしなければならないのに、それでもグレースは、人を元気づけるようなことをいう。

「わたしたち今は、どこでだって、ひどいあつかいをうけてるけど、こんなこと、永久《えいきゅう》につづきやしないわ」

でも、グレースにまた会うことができるだろうか？　そうだ、少なくとも文通《ぶんつう》することならできる。さっそくあす、母さんに、グレースの住所《じゅうしょ》を調《しら》べてくれるようたのんでみよう。

すると、ナレディの頭に、さらに別《べつ》の考えがうかんだ。

グレースのような人物《じんぶつ》が、ここの学校にもいるかもしれない。

以前《いぜん》、上級生《じょうきゅうせい》たちの会話を耳にしたことがある。そのときは、たいして関心《かんしん》がなかったが、こんど学校がはじまったら、その人たちに声をかけてみようか。みな、上級生《じょうきゅうせい》だから、少々気《き》おくれはするが、ヨハネスブルクへ行ってきたことを話せば、きっと興味《きょうみ》をもってくれるはず。ぜったいそうだ。

だが、ソウェトの子どもたちについて、母親が話したことは、どう考えればいいのだろう?

あのデモをした生徒《せいと》たちは、召《め》し使《つか》いになるための勉強《べんきょう》なんていやだといった。それは、そうだろう。その子たちのいうことは、わかる。

そのとき、とつぜん、暗《くら》やみの中で横《よこ》になって考えていたナレディに、ひとつのことがはっきりとわかった。その子たちが話していたことは、その子たちの学校だけの問題《もんだい》ではない。ここの、わたしの学校だって、おなじなのだ。

たとえば、手紙の書きかたの授業《じゅぎょう》では、こんな手紙を書かされている。

「わたしは、料理《りょうり》ができます。そうじがじょうずです。洗《せん》たくも、庭仕事《にわしごと》も……」

そうだ、ぜんぶ白人《はくじん》の召《め》し使《つか》いになるための手紙ではないか。しかも、最後《さいご》に書きそえなくちゃならないことばは、いつも「あなたの従順《じゅうじゅん》なしもべより」。

ナレディは、今の今まで、こんなこと一度《いちど》も考えたことがなかった。しかし、よく考えてみると、たとえば、医者《いしゃ》になるための手紙というのは、今まで一度《いちど》だって書いたことがない。だが、むしろそっちのほうなのだ。ナレディがなりたいのは。

もし医者《いしゃ》になったら、どんなに人の役《やく》に立つだろう。とくに、医者《いしゃ》のいないこの村では。それに、医者《いしゃ》になれば、家族《かぞく》をやしなうことだってできる。

それからしばらく、ナレディは横《よこ》になったまま、自分が医者《いしゃ》になって、長い白衣《はくい》を着《き》ているすがたを想像《そうぞう》した。

部屋《へや》は明るく、そう、母親が働《はたら》いているやしきにあったような、ぴかぴかの戸だなにかこまれて……。

そのとき、ひとつの光景《こうけい》がうかんで、なにかがナレディの心にひっかかった。医者《いしゃ》になったナレディのもとへ、どこかの母親が小さな赤《あか》ん坊《ぼう》を運《はこ》びこむ……。

その母親は、先日、病院《びょういん》で列《れつ》にならんでいたあの若《わか》い母親にそっくりだ。赤《あか》ん坊《ぼう》はひどくやせていて、うすい胸《むね》に、あばら骨《ぼね》がくっきりとうきでている。見るからに貧《まず》しそうな母親は、子どもに食べものをあたえることができないのだ。

では、医者《いしゃ》のナレディは、その赤《あか》ん坊《ぼう》に必要《ひつよう》な食べものを、どこで手に入れればいい？　ナレディは、ぴかぴかの戸だなをあけた。中は空《から》っぽ。

すると、ナレディの目に、小さなやせた赤《あか》ん坊《ぼう》をだいたたくさんの母親たちの長い長い列《れつ》が、ありありとうかんできた。たとえ医者《いしゃ》になったところで、この人たちに、いったい何をしてやれるというのだ？

ナレディは、しばらく、涙《なみだ》がこみあげてくるまま、じっと考えていた。

ちがう！　泣《な》いてあきらめるような問題《もんだい》ではない。これは、わたしひとりの力じゃどうしようもない大きな問題《もんだい》なのだ。よし、一週間もしないうちに、学校がはじまる。休み時間になったら、上級生《じょうきゅうせい》がいつも集《あつ》まって話をしているところに、思いきって行ってみよう。わたしとティロがどこに行ったかを知ったら、みんなどんな顔をするだろう。

ナレディは寝《ね》がえりをうって、ディネオのほおをやさしくつついた。小さな妹はねむったまま、かすかにほほえんだ。

それにしても、ふしぎなめぐりあわせだ。ディネオがあんなひどい病気《びょうき》にならなかったら、ナレディとティロが、ヨハネスブルクまで行くなんてことは、ぜったいになかっただろう。母親をよびにいったのは、たしかにディネオをたすけるためだった。だが、この旅《たび》のおかげで、なんとたくさんのことを発見《はっけん》したことか。

祖母《そぼ》たち三人の話し声は、いつのまにか、やんでいた。母親がランプを吹《ふ》きけし、しずかにベッドにはいるけはいがする。

まぶたが重《おも》くなり、眠《ねむ》りにひきこまれていくのが自分でもわかる。

ナレディはとうとうねむりこんだ。

夢《ゆめ》の中で、ナレディは、休み明けの学校にいた。そして、今までの友人とともに、新しい友人たちにかこまれていた。

訳者《やくしゃ》あとがき

この本を読んで、みなさんは、いろいろな疑問《ぎもん》を持《も》たれたのではないかと思います。なぜ、ナレディの父母は遠いところで働《はたら》いていて、家族《かぞく》といっしょに暮《く》らすことができないのだろう？　なぜ、パスをつねに持《も》ち歩かなければならない人びとがいるのだろうか？　どうして、黒人と白人《はくじん》で、乗《の》るバスがちがうのか？　住《す》んでいる家や暮《く》らしむきにたいへん差《さ》があることをグレースが怒《おこ》っているのは、なにかわけがあるのだろうか？

実《じつ》は、ナレディたちの国、アフリカ大陸《たいりく》の南端《なんたん》にある南アフリカ共和国《きょうわこく》は、この物語《ものがたり》の当時《とうじ》、日本とは非常《ひじょう》にちがった制度《せいど》を持《も》った国でした。アパルトヘイト（人種《じんしゅ》隔離政策《かくりせいさく》）と呼《よ》ばれる数かずの政策《せいさく》によって、人口の16％に過《す》ぎない白人《はくじん》が、大多数《だいたすう》である黒人の住居《じゅうきょ》、職業《しょくぎょう》、教育《きょういく》、そのほか生活のさまざまな面《めん》を制限《せいげん》し、支配《しはい》していたのです。

しかし、なぜ、そんなことになっていたのでしょう？　南アフリカには、もともと、サン人やコイコイ人などのアフリカ人が住《す》んでいました。ところが、十五世紀末《せいきすえ》、ヨーロッパ人が南アフリカの南端《なんたん》、喜望峰《きぼうほう》の沖《おき》をぬけてインドにむかうことに成功《せいこう》すると、十七世紀《せいき》には、オランダ人がやってきて、植民地《しょくみんち》ケープタウンをつくります。オランダ人は、先住《せんじゅう》のサン人やコイコイ人を武力《ぶりょく》で制圧《せいあつ》し、財産《ざいさん》をうばい、殺《ころ》し、奴隷《どれい》のように働《はたら》かせました。その後、イギリスも入植《にゅうしょく》して、植民地《しょくみんち》はさらに内陸《ないりく》にひろがり、内陸《ないりく》のアフリカ人も制圧《せいあつ》されてしまいます。十九世紀後半《せいきこうはん》、南アフリカにダイヤモンドや金が発見《はっけん》されると、入植《にゅうしょく》した白人《はくじん》はますます、アフリカ人から土地と資源《しげん》をうばって独占《どくせん》し、アフリカ人（黒人）は、白人《はくじん》の会社で働《はたら》く奴隷《どれい》のような労働者《ろうどうしゃ》か、白人《はくじん》の家で働《はたら》く召《め》し使《つか》いにさせられてしまいます。

白人政府《はくじんせいふ》は、自分たちの特権《とっけん》と利益《りえき》を守《まも》るために、黒人には選挙権《せんきょけん》をあたえず、政治《せいじ》に参加《さんか》させませんでした。そればかりか、原住民土地法《げんじゅうみんとちほう》という法律《ほうりつ》をつくり、人口が70％以上《いじょう》もの黒人を、国土《こくど》の13％の居留地《きょりゅうち》にとじこめ、パス法《ほう》で、黒人の移動《いどう》をきびしく制限して取りしまったのです。ナレディたちが母親の働く都市に住むことができず、また、パスを持《も》たない人が警察《けいさつ》にひったてられたのは、こういう理由《りゆう》なのです。

白人政府《はくじんせいふ》は、教育《きょういく》にも差《さ》をつけ、黒人の学校は有料《ゆうりょう》のうえ、設備《せつび》も教育内容《きょういくないよう》も非常《ひじょう》に劣《おと》ったものでした。さらに一九七六年、政府《せいふ》が、英語《えいご》ではなく、オランダ系白人《けいはくじん》だけが使《つか》うアフリカーンス語を使《つか》って教えよという法律《ほうりつ》をつくると、ソウェトの黒人生《せい》徒《と》たちは反対運動《はんたいうんどう》をおこし、大規模《だいきぼ》なデモをおこないました。それが警察《けいさつ》の弾圧《だんあつ》によって、どんな悲惨《ひさん》な結果《けっか》になったかは、本書《ほんしょ》に書かれているとおりです。

黒人の犠牲《ぎせい》の上に豊《ゆた》かな生活をきずいてきた白人社会に対《たい》し、不満《ふまん》と怒《いか》りをつのらせた黒人たちは、平等《びょうどう》な権利《けんり》をもとめる集会《しゅうかい》やデモをおこなっては、白人政府《はくじんせいふ》に弾圧《だんあつ》され、逮捕《たいほ》、拷問《ごうもん》などによって抑《おさ》えられました。そして、その長くつらい闘《たたか》いのあいだに、子どもをふくめた非常《ひじょう》に多くの犠牲者《ぎせいしゃ》がでました。しかし、そのような南アフリカ政府《せいふ》の非人道的《ひじんどうてき》なやりかたに、国際《こくさい》社会の批判《ひはん》もたかまって、とうとう一九九四年、南アフリカは、初《はじ》めて人種《じんしゅ》による差別《さべつ》のない、国民《こくみん》のすべての成人《せいじん》が投票《とうひょう》できる選挙《せんきょ》をおこない、民主主義国《みんしゅしゅぎこく》となったのです。

このように、権利《けんり》をうばわれていた人たちが権利《けんり》をとりもどす闘《たたか》いは、裏《うら》をかえせば、偏見《へんけん》や差別《さべつ》に気づかず、あるいは知っていても疑問《ぎもん》をいだかず、自分たちの特権《とっけん》を当然《とうぜん》のこととしていた人たちが、それに気づかされ、不正《ふせい》を正《ただ》す過程《かてい》でもあります。今、わたしたちが客観的《きゃっかんてき》に見れば、アパルトヘイトという非人道的《ひじんどうてき》な制度《せいど》がどうしてまかりとおっていたのか、不思議《ふしぎ》に思うほどですが、当時《とうじ》、そのような制度《せいど》の中にいて、自分自身《じぶんじしん》が何の不自由《ふじゆう》も感じていない人びと、たとえば、ナレディの母親のやとい主《ぬし》のような人たちにとっては、自分の立場《たちば》が不正《ふせい》の上にきずかれたものであることに気づくこと、気づいて、それを自分の不利益《ふりえき》にもかかわらず正《ただ》そうとすることは、たいへんむずかしい、勇気《ゆうき》のいることでしょう。

しかし、みずからそのような活動《かつどう》をした白人《はくじん》も、少なからずいました。本書《ほんしょ》の作者《さくしゃ》、ビヴァリー・ナイドゥーもそのひとりです。白人家庭《はくじんかてい》に生まれ育《そだ》ち、黒人の召《め》し使《つか》いが、ナレディの母親のように、家族《かぞく》と離《はな》れて暮《く》らしている現実《げんじつ》にも何の疑問《ぎもん》も感《かん》じなかったという作者《さくしゃ》は、大学にはいると、差別《さべつ》の実態《じったい》に気づき、反《はん》アパルトヘイト運動《うんどう》に身《み》を投《とう》じました。警察《けいさつ》につかまって投獄《とうごく》されたこともあります。そしてその後、イギリスに亡命《ぼうめい》し、初《はじ》めて発表《はっぴょう》した児童向《じどうむ》け小説《しょうせつ》が、この本なのです。

当時《とうじ》、アパルトヘイト体制下《たいせいか》にあった南アフリカ政府《せいふ》は、この本の出版《しゅっぱん》を禁《きん》じました。作者《さくしゃ》もいうように、この本を読んだ子どもたちが、アパルトヘイトの不正《ふせい》に気づくのがこわかったのでしょう。しかし、この本は、ほかの多くの国ぐにの子どもたちによって読まれ、アパルトヘイトがどのようなものか、それが南アフリカの人びと、とりわけ子どもたちに、どれほど深刻《しんこく》な影響《えいきょう》をあたえているのか、理解《りかい》するのをたすけました。実際《じっさい》、この本を読んだ十一歳《さい》の少女は、南アフリカでの出版禁止《しゅっぱんきんし》に怒《おこ》り、作者《さくしゃ》にこんな手紙を送《おく》ってきたそうです。

「わたしたち子どもだって、この世界《せかい》でおこっているほんとうのことを学びたい。どうして、それを制限《せいげん》するのでしょう? わたしたちが早く知れば知るほど、わたしたちは知性的《ちせいてき》な強い人間になる。それが、この世界《せかい》を平和《へいわ》にする方法《ほうほう》なのに」

作者《さくしゃ》は、さらに、アパルトヘイト崩壊前後《ほうかいぜんご》の子どもたちの物語《ものがたり》を『炎《ほのお》の鎖《くさり》をつないで』(偕成社)ほか、二冊《さつ》の児童文学《じどうぶんがく》として発表《はっぴょう》し、そのような世界中《せかいじゅう》の子どもたちの気持《きも》ちにこたえています。

さて、日本人のわたしたちが、本書《ほんしょ》によってアパルトヘイトという制度《せいど》がもたらした悲劇《ひげき》と、それを克服《こくふく》したたくさんの人びとの努力《どりょく》と勇気《ゆうき》と犠牲《ぎせい》を知ることには、どういう意味《いみ》があるのでしょう？　それは、ただ遠いアフリカの国の過去《かこ》を知ることにとどまらないのではないでしょうか？　世界《せかい》の多くの国には、侵略《しんりゃく》、差別《さべつ》、抑圧《よくあつ》、不正《ふせい》など負《ふ》の歴史《れきし》と、それを克服《こくふく》しようとする過程《かてい》があり、日本もその例外《れいがい》ではありません。よその国のできごとについて客観的《きゃっかんてき》に考えることによって養《やしな》われた目は、自分たちや自分の国をふりかえったとき、日本が今かかえている問題《もんだい》や外国との関《かか》わり方について、新しい見方をあたえてくれるのではないでしょうか？　本書《ほんしょ》をきっかけに、読者《どくしゃ》のみなさんが、ますます広く社会に目をむけ、友だちやおとなたちと議論《ぎろん》し、考えを深《ふか》めてくれることを、作者《さくしゃ》とともに願《ねが》っています。

もりうちすみこ

作者／ビヴァリー・ナイドゥー（Beverley Naidoo）

1943年イギリス自治領南アフリカ連邦に生まれ、白人社会の一員として育った。大学時代に反アパルトヘイト運動に身を投じてとらわれ、8週間の獄中生活を送る。この体験による目覚めが彼女の作家としての姿勢を方向づけた。1965年イギリスに亡命。1985年、児童向け処女作『ヨハネスブルクへの旅』を発表、ペアレンツ・チョイス賞オナーブックなど英米で4つの賞を受賞した。1989年の『炎の鎖をつないで』（偕成社）、1995年の『No Turning Book』も数々の賞にかがやいている。『真実の裏側』（めるくまーる）は2001年に、英国で最も権威のある児童文学賞、カーネギー賞を受賞した。

訳者／もりうち　すみこ（森内寿美子）

1955年、福岡県生まれ。九州大学教育学部卒業。訳書『ホリス・ウッズの絵』（さ・え・ら書房）が産経児童出版文化賞に、訳書『真実の裏側』が同賞推薦図書に選ばれる。他の訳書に『ハートレスガール』『生きのびるために』『リリー・モラハンのうそ』（共にさ・え・ら書房）、『ドリーム・アドベンチャー』（偕成社）、『ジンクス』（朔北社）、『戦争孤児ロンくんの涙』（汐文社）、『キング牧師の力づよいことば』（国土社）など。

画家／橋本礼奈（はしもと・れいな）

北海道生まれ、東京在住。武蔵野美術大学大学院修了。個展、公募展などでおもに油絵の作品を発表しながら、壁画、挿絵、テレビドラマの美術協力などの仕事をする。主体美術協会会員。作品に『もうひとりの息子』『やあ、アンドレア』『ブルーバック』（共にさ・え・ら書房）など。

ヨハネスブルクへの旅

2008年4月　第1刷発行　　2009年5月　第4刷発行
原　作／ビヴァリー・ナイドゥー
訳　者／もりうち　すみこ
発行者／浦城寿一
発行所／さ・え・ら書房　〒162-0842 東京都新宿区市谷砂土原町3-1　Tel.03-3268-4261
http://www.saela.co.jp/
印刷／三秀舎　製本／東京美術紙工　Printed in Japan

ISBN978-4-378-01477-7　NDC933